봄봄 외

한국문학산책 09 중·단편 소설
봄봄 외

지은이 김유정
엮은이 송창현
펴낸이 안용백
펴낸곳 (주)넥서스

초판 1쇄 인쇄 2013년 2월 5일
초판 1쇄 발행 2013년 2월 10일

출판신고 1992년 4월 3일 제311-2002-2호
121-840 서울시 마포구 서교동 394-2
Tel (02)330-5500 Fax (02)330-5555

ISBN 978-89-6790-032-8 04810

출판사의 허락없이 내용의 일부를
인용하거나 발췌하는 것을 금합니다.

가격은 뒤표지에 있습니다.
잘못 만들어진 책은 구입처에서 바꾸어 드립니다.

www.nexusbook.com
지식의 숲은 (주)넥서스의 인문교양 브랜드입니다.

한국문학산책 09
중·단편 소설

김유정
봄봄 외

송창현 엮음·해설

지식의숲

* 일러두기

1. 시대 분위기와 작가의 개성이 드러나는 문장이나 방언, 속어, 고어 등은 원문 표기를 따랐다.

2. 원본 한자는 한글로 바꾸고 작품의 이해에 필요한 경우에만 한자를 병기하였다.

3. 독자들의 이해를 높이기 위해 필요한 경우 괄호 속에 뜻풀이를 달았다.

차례

소낙비 ...007
금 따는 콩밭 ...031
노다지 ...053
만무방 ...071
봄봄 ...115
동백꽃 ...137
땡볕 ...151

소낙비

 음산한 검은 구름이 하늘에 뭉게뭉게 모여드는 것이 금시라도 비 한 줄기 할 듯하면서도 여전히 짓궂은 햇발은 겹겹 산속에 묻힌 외진 마을을 통째로 자실 듯이 달구고 있었다. 이따금 생각하는 듯 살매 들린 바람은 논밭 간의 나무들을 뒤흔들며 미쳐 날뛰었다.
 뫼 밖으로 농군들을 멀리 품앗이로 내보낸 안말의 공기는 쓸쓸하였다. 다만 맷맷한 미루나무 숲에서 거칠어 가는 농촌을 읊는 듯 매미의 애끓는 노래…….
 매웅! 매매움!
 춘호는 자기 집 – 올 봄에 오 원을 주고 사서 들은 묵삭은 오

막살이 집 - 방문턱에 걸터앉아서 바른 주먹으로 턱을 고이고는 봉당에서 저녁으로 때울 감자를 씻고 있는 아내를 묵묵히 노려보고 있었다. 그가 사날 밤이나 눈을 안 붙이고 성화를 하는 바람에 농사에 고리삭은 그의 얼굴은 더욱 해쓱하였다.

아내에게 다시 한 번 졸라 보았다. 그러나 위협하는 어조로,

"이봐, 그래 어떻게 돈 이 원만 안 해 줄 테여?"

아내는 역시 대답이 없었다. 갓 잡아 온 새댁 모양으로 씻는 감자나 씻을 뿐 잠자코 있었다.

되나 안 되나 좌우간 이렇다 말이 없으니 춘호는 울화가 터져서 죽을 지경이었다. 그는 타곳에서 떠돌아 온 몸이라 자기를 믿고 장리를 주는 사람도 없고 또는 그 알량한 집을 팔려 해도 단 이삼 원의 작자도 내닫지 않으므로 앞뒤가 꼭 막혔다.

마는(것이다마는) 그래도 아내는 나이 젊고 얼굴 똑똑하겠다, 돈 이 원쯤이야 어떻게라도 될 수 있겠기에 묻는 것인데 들은 체도 안 하니 괘씸한 듯싶었다.

그는 배를 튀기며 다시 한 번,

"돈 좀 안 해 줄 테여?"

하고 소리를 빽 질렀다.

그러나 대꾸는 역시 없었다.

춘호는 노기 충천하여 불현듯 문지방을 떠다밀며 벌떡 일어

섰다. 눈을 홉뜨고 벽에 기대인 지게막대를 손에 잡자 아내의 옆으로 바람같이 달려들었다.

"이년아, 기집 좋다는 게 뭐여. 남편의 근심도 덜어 주어야지 끼고 자자는 기집이여?"

지게막대는 아내의 연한 허리를 모질게 후렸다. 까부라지는 비명은 모지락스레 찌그러진 울타리를 벗어 나간다. 잽쳐(바로 뒤이어 거듭) 지게막대는 앉은 채 꼬꾸라진 아내의 발뒤축을 얼러 볼기를 내리갈겼다.

"이년아, 내가 언제부터 너에게 조르는 게여?"

범같이 호통을 치며 남편이 지게막대를 공중으로 다시 들어 올리며 모질음을 쓸 때 아내는,

"에구머니!"

하고 외마디를 질렀다. 연하여 몸을 뒤치자 거반 엎어진 듯이 싸리문 밖으로 내달렸다. 얼굴에 눈물이 흐른 채 황그리는 걸음으로 문 앞의 언덕을 내리어 개울을 건너고 맞은쪽에 뚫린 콩밭 길로 들어섰다.

"너, 네가 날 피하면 어딜 갈 테여?"

발길을 막는 듯한 의미 있는 호령에 달아나던 아내는 다리가 멈칫하였다. 그는 고개를 돌리어 싸리문 안에 아직도 지게막대를 들고 섰는 남편을 바라보았다. 어른에게 죄진 어린애같이 입

만 종깃종깃하다가 남편이 뛰어나올까 겁이 나서 겨우 입을 열었다.

"쇠돌 엄마 집에 좀 다녀올게유."

쭈뼛쭈뼛 변명을 하고는 가던 길을 다시 횅하게 내걸었다. 아내라고 요새 이 돈 이 원이 금시로 필요함을 모르는 바도 아니었다.

마는 그의 자격으로나 노동으로나 돈 이 원이란 감히 땅띔도 못해 볼 형편이었다. 벌이래야 하잘 것 없는 것, 아침에 일어나기가 무섭게 남에게 뒤질까 영산에 올라 산으로 빼는 것이다. 조그만 종댕이를 허리에 달고 거한 산중에 드문드문 박혀 있는 도라지, 더덕을 찾아가는 것이었다. 깊은 산속으로 우중충한 돌 틈바귀로 잔약한 몸으로 맨발에 짚신짝을 끌며 강파른 산등을 타고 돌려면 젖 먹던 힘까지 녹아내리는 듯 진땀이 머리로부터 발끝까지 흘러내린다.

아랫도리를 단 외겹으로 두른 낡은 치맛자락은 다리로, 허리로 척척 엉기어 걸음을 방해하였다. 땀에 붙은 종아리는 거친 숲에 긁혀 미어 그 쓰라림이 말이 아니다. 게다 무거운 흙내는 숨이 탁탁 막히도록 가슴을 찌른다. 그러나 삶에 발버둥치는 순진한 그의 머리는 아무 불평도 일지 않았다.

가물에 콩 나기로 어쩌다 도라지 순이라도 어지러운 숲 속에 하나둘 뾰족이 뻗어 오른 것을 보면 그는 그래도 기쁨에 넘치는 미소를 띠었다. 때로는 바위도 기어올랐다. 정히 못 기어오를 그런 험한 곳이면 칡덩굴에 매어달리기도 하는 것이었다. 땟국에 절은 무명 적삼은 벗어서 허리춤에다 꾹 찌르고는 호랑이 숲이라 이름난 강원도 산골에 매어달려 기를 쓰고 허비적거린다. 골바람은 지날 적마다 알몸을 두른 치맛자락을 공중으로 날린다. 그제마다 검붉은 볼기짝을 사양 없이 내보이는 칡덩굴이 그를 본다면, 배를 움켜쥐어도 다 못 볼 것이다. 마는 다행히 그윽한 산골이라 그 꼴을 비웃는 놈은 오로지 뻐꾸기뿐이었다.

이리하여 해동갑으로 해갈을 하고 나면 캐어 모은 도라지, 더덕은 얼러 사발 가웃, 혹은 두어 사발 남짓하게 되는 것이다. 그러면 동리로 내려와 주막거리에 가서 그걸 내주고 보리쌀과 사발 바꿈을 하였다.

그러나 요즘엔 그나마도 철이 겨워 소출이 없다. 그 대신 남의 보리방아를 온종일 찧어 주고 보리밥 그릇이나 얻어다가는 집으로 돌아와 농토를 못 얻어 뻔뻔히 노는 남편과 같이 나누는 것이 그날 하루하루의 생활이었다. 그리고 보니 돈 이 원은 커녕 당장 목을 딴대도 피도 나올지가 의문이었다.

만약 돈 이 원을 돌린다면 아는 집에서 보리라도 꾸어 파는 수밖에는 다른 도리가 없다. 그리고 온 동리의 아낙네들이 치맛

바람에 팔자 고쳤다고 쑥덕거리며 은근히 시새우는 쇠돌 엄마가 아니고는 노는 벌이를 가진 사람이 없다. 그런데 도둑이 제발 저리다고 그는 자기 꼴 주제에 눌려서 호사로운 쇠돌 엄마에게는 죽어도 가고 싶지 않았다.

쇠돌 엄마도 처음에야 자기와 같이 천한 농부의 계집이련만 어쩌다 하늘이 도와 동리의 부자 양반 이 주사와 은근히 배가 맞은 뒤로는 얼굴도 모양내고, 옷치장도 하고, 밥걱정도 안 하고 하여 아주 금방석에 뒹구는 팔자가 되었다. 그리고 쇠돌 아버지도 이게 웬 땡이냔 듯이 아내를 내어놓은 채 눈을 살짝 감아 버리고 이 주사에게서 나는 옷이나 입고, 주는 쌀이나 먹고 연년이 신통치 못한 자기 농사에는 한손을 떼고는 히짜를 뽑는 것이 아닌가!

사실 말인즉, 춘호 처가 쇠돌 엄마에게 죽어도 아니 가려는 그 속 까닭은 정작 여기 있었다.

바로 지난 늦은 봄, 달이 뚫어지게 밝은 어느 밤이었다. 춘호가 보름 계추를 보러 산모퉁이로 나간 것이 이슥하여도 돌아오지 않으므로 집에서 기다리던 아내가 인젠 자고 오려나 생각하고는 막 드러누워 잠이 들려니까 웬 난데없는 황소 같은 놈이 뛰어들었다. 허둥지둥 춘호 처를 마구 깔다가 놀라서 으악 소리를 치는 바람에, 그냥 달아난 일이 있었다.

어수룩한 시골 일이라 별반 풍설도 아니 나고 쓱싹 되었으나 며칠이 지난 뒤에야 그것이 동리의 부자 이 주사의 소행임을 비로소 눈치채었다.

그런 까닭으로 해서 춘호 처는 쇠돌 엄마와 직접 관계는 없단대도 그를 대하면 공연스레 얼굴이 뜨뜻하여지고 몹시 어색하였다. 죄나 진 듯이…….

그리고 더욱이 쇠돌 엄마가,

"새댁, 나는 속옷이 세 개구, 버선이 네 벌이구 행."

하며, 아주 좋다고 핸들대는 그 꼴을 보면 혹시 자기에게 함정을 두고서 비아냥거리는 거나 아닌가 하는 옥생각으로 무안해서 고개도 못 들었다.

한편으로는 자기도 좀만 잘했다면 지금쯤은 쇠돌 엄마처럼 호강을 할 수 있었을 그런 갸륵한 기회를 깝살려 버린 자기 행동에 대한 후회와 애탄으로 말미암아 마음을 괴롭히는 그 쓰라림도 적지 않았다. 그러나 아무러한 욕을 보더라도 나날이 심해가는 남편의 무지한 매보다는 그래도 좀 헐할 게다. 오늘은 한맘 먹고 쇠돌 엄마를 찾아가려는 것이었다.

춘호 처는 이번 걸음이 헛발이나 안 칠까 일념으로 심화를 하며 수양버들이 쭉 늘여 박힌 논두렁길로 들어섰다.

그는 시골 아낙네로는 용모가 매우 반반하였다. 좀 야윈 듯한 몸매는 호리호리한 것이 소위 동리의 문자대로 외입깨나 하염직한 얼굴이었으되 추레한 의복이나 퀴퀴한 냄새는 거지를 볼지른다. 그는 왼손 바른손으로 겨끔내기로 치맛귀를 여며 가며 속살이 삐질까 조심조심히 걸었다. 감사나운 구름송이가 하늘신폭을 휘덮고는 차츰차츰 지면으로 처져 내리더니 그예 산봉우리에 엉기어 살풍경이 되고 만다. 먼 데서 개 짖는 소리가 앞뒷산을 한적하게 울린다. 빗방울은 하나둘 떨어지기 시작하더니 차차 굵어지며 무더기로 퍼부어 내린다.

춘호 처는 길가에 늘어진 밤나무 밑으로 뛰어 들어가 비를 거니며 쇠돌 엄마 집을 멀리 바라보았다. 북쪽 산기슭 높직한 울타리로 삥 둘려 두르고 앉았는 오목하고 맵시 있는 집이 그 집이었다. 그런데 싸리문이 꼭 닫힌 걸 보면 아마 쇠돌 엄마가 농군청에 저녁 제누리를 나르러 가서 아직 돌아오지 않은 모양이었다.

그는 쇠돌 엄마 오기를 지켜보며 우두커니 서서 기다리고 있었다.

나뭇잎에서 빗방울은 뚝뚝 떨어지며 그의 뺨을 흘러 젖가슴으로 스며든다. 바람은 지날 적마다 냉기와 함께 굵은 빗발을 몸에 들이친다. 비에 쪼르륵 젖은 치마가 몸에 찰싹 감기어 허리로, 궁둥이로, 다리로, 살의 윤곽이 그대로 비쳐 올랐다.

무던히 기다렸으나 쇠돌 엄마는 오지 않았다. 하도 진력이 나서 하품을 하여 가며 정신없이 서 있노라니 왼편 언덕에서 사람 오는 발자국 소리가 들린다. 그는 고개를 돌려 보았다. 그러나 날쌔게 나무 틈으로 몸을 숨겼다. 동이배를 가진 이 주사가 지우산을 받쳐 쓰고는 쇠돌네 집으로 향하여 엉덩이를 껍죽거리며 내려가는 길이었다. 비록 키는 작달막하나 숱 좋은 수염이든지 온 동리를 털어야 단 하나뿐인 탕건이든지, 썩 풍채 좋은 오십 전후의 양반이다. 그는 싸리문 앞으로 가더니 자기 집처럼 거침없이 문을 떠다밀고는 속으로 버젓이 들어가 버린다.

이것을 보니 춘호 처는 다시금 속이 편치 않았다. 자기는 개돼지같이 무시로, 매만 맞고 돌아치는 천덕꾼이다. 안팎으로 겹귀염을 받으며 간들대는 쇠돌 엄마와 사람된 치수가 두드러지게 다름을 그는 알 수 있었다. 쇠돌 엄마의 호강을 너무나 부럽게 우러러보는 반동으로 자기도 잘했다면 하는 턱없는 희망과 후회가 전보다 몇 갑절 쓰린 맛으로 그의 가슴을 찌푸뜨렸다.

쇠돌네 집을 하염없이 건너다보다가 저도 모르게 긴 한숨이 굴러 내린다. 언덕에서 쓸려 내리는 사탯물이 발등까지 개흙으로 덮으며 소리쳐 흐른다. 빗물에 폭 젖은 몸뚱어리는 점점 떨리기 시작한다.

그는 가볍게 몸서리를 쳤다. 그리고 당황한 시선으로 사방을 경계하여 보았다. 아무도 보이지는 않았다. 다시 시선을 돌리어 그 집을 쏘아보며 속으로 궁리하여 보았다. 안에는 확실히 이 주사뿐일 게다. 그때까지 걸렸던 싸리문이라든지 또는 울타리에 넌 빨래를 여태 안 걷어 들이는 것을 보면, 어떤 맹세를 두고라도 분명히 이 주사 외의 다른 사람은 하나도 없을 것이다.

그는 마음 놓고 비를 맞아 가며 그 집으로 달려들었다. 봉당으로 선뜻 뛰어오르며,

"쇠돌 엄마 기슈?"

하고, 인기를 내보았다.

물론 당자의 대답은 없었다. 그 대신 그 음성이 나자 안방에서 이 주사가 번개같이 머리를 내밀었다. 자기 딴은 꿈밖이란 듯, 눈을 두리번두리번하더니 옷 위로 불거진 춘호 처의 젖가슴, 아랫배, 넓적다리로 발등까지 슬쩍 음흉히 훑어보고는 거나한 낯으로 빙그레한다. 그리고 자기도 봉당으로 주춤주춤 기어 나오며,

"쇠돌 엄마 말인가? 왜 지금 막 나갔지. 곧 온댔으니 안방에 좀 들어가 기다렸으면."

하고 매우 일이 딱한 듯이 어름어름한다.

"이 비에 어딜 갔에유?"

"지금 요 밖에 좀 나갔지, 그러나 곧 올걸……."

"있는 줄 알고 왔는디……."

춘호 처는 이렇게 혼잣말로 낙심하며 섭섭한 낯으로 머뭇머뭇하다가 그냥 돌아갈 듯이 봉당 아래로 내려섰다.

이 주사를 쳐다보며 물차는 제비같이 산드러지게,

"그럼 요담에 오겠에유, 안녕히 계시유."

하고 작별 인사를 올린다.

"지금 곧 온댔는데, 좀 기다리지……."

"담에 또 오지유."

"아닐세, 좀 기다리게. 여보게, 여보게, 이봐!"

춘호 처가 간다는 바람에 이 주사는 체면도 모르고 기가 올랐다. 허둥거리며 재간껏 만류하였으나 암만해도 안 될 듯싶다. 춘호 처가 여기엘 찾아온 것도 큰 기적이려니와 뇌성벽력에 구석진 곳이겠다, 이렇게 솔깃한 기회는 두 번 다시 못 볼 것이다. 그는 눈이 뒤집히어 입에 물었던 장죽을 쭉 뽑아 방 안으로 치뜨리고는 계집의 허리를 뒤로 다짜고짜 끌어안아서 봉당 위로 끌어 올렸다.

계집은 몹시 놀라며,

"왜 이러시유, 이거 놓세유."

하고 몸을 뿌리치려는 앙탈을 한다.

"아니 잠깐만."

이 주사는 그래도 놓지 않으며 허겁스러운 눈짓으로 계집을 달래인다.

흘러내리는 고의춤을 왼손으로 연신 치우치며 바른팔로는 계집을 잔뜩 움켜잡고는 엄두를 못 내어 쩔쩔매다가 간신히 방 안으로 끙끙 몰아넣었다. 안으로 문고리는 재빠르게 채이었다.

밖에서는 모진 빗방울이 배춧잎에 부딪치는 소리, 바람에 나무 떠는 소리가 요란하다. 가끔 양철통을 내려 굴리는 듯 거푸진 천둥 소리가 방고래를 울리며 날은 점점 침침하여 갔다.

얼마쯤 지난 뒤였다. 이만하면 길이 들었으려니 안심하고 이 주사는 날숨을 후우, 하고 돌린다. 실없이 고마운 비 때문에 발악도 못 치고 앙살도 못 피우고 무릎 앞에 고분고분 늘어져 있는 계집을 대견히 바라보며 빙긋이 얼러 보았다. 계집은 온몸에 진땀이 쭉 흐르는 것이 꽤 더운 모양이다. 벽에 걸린 쇠돌 어멈의 적삼을 꺼내어 계집의 몸을 말쑥하게 훌닦기 시작한다. 발끝서부터 얼굴까지…….

"너 열아홉이지?"

하고 이 주사는 취한 얼굴로 얼간이 물어보았다.

"니에."

하고, 메떨어진 대답.

계집은 이 주사의 손에 눌리어 일어나도 못하고 죽은 듯이 가만히 누워 있었다.

이 주사는 계집의 몸을 다 씻고 나서 한숨을 내뿜으며 담배 한 대를 턱 피워 물었다.

"그래, 요새도 서방에게 주리경을 치느냐?"

하고 묻다가 아무 대답도 없으매,

"원 그래서야 어떻게 산단 말이냐, 하루이틀도 아니고. 사람의 일이란 알 수 있는 거냐? 그러다 혹시 맞아 죽으면 정장 하나 해 볼 곳 없는 거야. 허니, 네 명이 아까우면 덮어놓고 민적을 가르는 게 낫겠지."

하고, 계집의 신변을 위하여 염려를 마지않다가 번뜻 한 가지 궁금한 것이 있었다.

"너 참, 아이 낳았다 죽었다더구나?"

"니에."

"어디 난 듯이나 싶으냐?"

계집은 얼굴이 홍당무가 되어지며 아무 말도 못 하고 고개를 외면하였다.

이 주사도 그까짓 것 더 묻지 않았다. 그런데 웬 녀석의 냄새인지 무생채 썩는 듯한 시크무레한 악취가 불시로 코청을 찌르니 눈살을 찌푸리지 않을 수 없다. 처음에야 그런 줄은 소통 몰

랐더니 알고 보니까 비위가 좋이 역하였다. 그는 빨고 있는 담배통으로 계집의 배꼽께를 똑똑히 가리키며,

"애, 이 살의 때꼽 좀 봐라. 그래 물이 흔한데 이것 좀 못 씻는단 말이냐?"

하고, 모처럼의 기분을 상한 것이 앵하단 듯이 꺼림한 기색으로 혀를 채었다.

하지만 계집이 참다 참다 이내 무안에 못 이기어 일어나 치마를 입으려 하니 그는 역정을 벌컥 내었다. 옷을 빼앗아 구석으로 동댕이를 치고는 다시 그 자리에 끌어 앉혔다. 그리고 자기 딸이나 책하듯이 아주 대범하게 꾸짖었다.

"왜 그리 계집이 달망대니? 좀 듬직하지 못하구……."

춘호 처가 그 집을 나선 것은 들어간 지 약 한 시간 만이었다.

비가 여전히 쭉쭉 내린다. 그는 진땀을 있는 대로 흠뻑 쏟고 나왔다. 그러나 의외로, 아니 천행으로 오늘 일은 성공이었다.

그는 몸을 솟치며 생긋하였다. 그런 모욕과 수치는 난생 처음 당하는 봉변으로, 지랄 중에도 몹쓸 지랄이었으나 성공은 성공이었다. 복을 받으려면 반드시 고생이 따르는 법이니 이까짓 거야 골백번 당한대도 남편에게 매나 안 맞고 의좋게 살 수만 있다면 그는 사양치 않을 것이다.

이 주사를 하늘같이, 은인같이 여겼다. 남편에게 부쳐 먹을 농토를 줄 테니 자기의 첩이 되라는 그 말도 죄송하였으나 더욱이 돈 이 원을 줄 테니 내일 이맘때 쇠돌네 집에서 넌지시 만나자는 그 말은 무엇보다도 고마웠고 벅찬 짐이나 풀은 듯 마음이 홀가분하였다. 다만 애키는 것은 자기의 행실이 만약 남편에게 발각되는 나절에는 대매에 맞아죽을 것이다. 그는 일변 기뻐하며 일변 애를 태우며 자기 집을 향하여 세차게 쏟아지는 빗속을 가분가분 내려 달렸다.

춘호는 아직도 분이 못 풀리어 뿌루퉁하니 홀로 앉았다.

그는 자기의 고향인 인제를 등진 지 벌써 삼 년이 되었다. 해를 이어 흉작에 농작물은 잘못되고 따라 빚쟁이들의 위협과 악다구니는 날로 심하였다.

마침내 하릴없이 집 세간살이를 그대로 내버리고 알몸으로 밤도주하였던 것이다. 살기 좋은 곳을 찾는다고 나이 어린 아내의 손목을 끌고 이 산 저 산으로 넘어 표랑하였다. 그러나 우정 찾아들은 곳이 고작 이 마을이나, 산속은 역시 일반이다. 어느 산골엘 가 호미를 잡아 보아도 정은 조그만치도 안 붙었고 거기에는 오직 쌀쌀한 불안과 굶주림이 품을 벌려 그를 맞을 뿐이었다. 터무니없다 하여 농토를 안 준다. 일 구멍이 없으매 품을 못 판다. 밥이 없다. 결국에 그는 피폐하여 가는 농민 사이를 감도는 엉뚱한 투기심에 몸이 달떴다.

 요사이 며칠 동안을 두고 요 너머 뒷산 속에서 밤마다 큰 노름판이 벌어지는 기미를 알았다. 그는 자기도 한몫 보려고 끼룩거렸으나 좀체로 밑천을 만들 수가 없었다. 이 원! 수나 좋아서 이 이 원이 조화만 잘한다면 금시발복이 못된다고 누가 단언할 수 있으랴!

 삼사십 원 따서 동리의 빚이나 대충 가리고 옷 한 벌 지어 입고는 진저리나는 이 산골을 떠나려는 것이 그의 배포였다. 서울로 올라가 아내는 안잠을 재우고 자기는 노동을 하고 둘이서 다부지게 벌면 안락한 생활을 할 수가 있을 텐데, 이런 산 구석에서 굶어 죽을 맛이야 없었다. 그래서 젊은 아내에게 돈 좀 해 오라니까 요리 매낀 조리 매낀 피하고 곁들어 주지 않으니 그 소행이 여간 괘씸한 것이 아니다.

 아내가 물에 빠진 생쥐 꼴을 하고 집으로 달려들자 미처 입도 벌리기 전에 남편은 이를 악물고 주먹뺨을 냅다 붙인다.

 "너 이년, 매만 살살 피하고 어디 가 자빠졌다 왔니?"

 치 한 대를 얻어맞고 아내는 오기가 걸리어 벙벙하였다. 그래도 직성이 못 풀리어 남편이 다시 매를 손에 잡으려 하니, 아내는 질겁을 하여 살려 달라고 두 손으로 빌며 개신개신 입을 열었다.

"낼 돼유……. 낼. 돈, 낼 돼유."

하며, 돈이 변통됨을 삼가 아뢰는 그의 음성은 절반이 울음이었다. 남편이 반신반의하여 눈을 찌긋하다가,

"낼?"

하고 목청을 돋았다.

"네, 낼 된다유."

"꼭 되여?"

"네, 낼 된다유."

남편은 시골 물정에 능통하니만치 난데없이 돈 이 원이 어디서 어떻게 되는 것까지는 추궁해 물으려고 하지 않았다. 그는 적이 안심한 얼굴로 방문턱에 걸터앉으며 담뱃대에 불을 그었다. 그제야 비로소 아내도 마음을 놓고 감자를 삶으러 부엌으로 들어가려 하니 남편이 곁으로 걸어오며 측은한 듯이 말리었다.

"병 나, 방에 들어가 어여 옷이나 말리여. 감자는 내 삶을게."

먹물같이 짙은 밤이 내리었다. 비는 더욱 소리를 치며 앙상한 그들의 방벽을 앞뒤로 울린다. 천장에서 비는 새지 않으나 집 지은 지가 오래되어 고래가 물러앉다시피 된 방이라 도배를 못 한 방바닥에는 물이 스며들어 귀축축하다. 거기다 거적 두 잎만 덩그렇게 깔아 놓은 것이 그들의 침소였다. 석유 불은 없어 캄캄한 바로 지옥이다. 벼룩 이는 사방에서 마냥 스멀거린다.

그러나 등걸잠에 익달한 그들은 천연덕스럽게 나란히 누워 줄기차게 퍼붓는 밤비 소리를 귀담아 듣고 있었다. 가난으로 인하여 부부간의 애틋한 정을 모르고 나날이 매질로 불평과 원한 중에서 복대기는 그들도 이 밤에는 불시로 화목하였다. 단지 남편의 품에 들은 돈 이 원을 꿈꾸어 보고도.

"서울 언제 갈라유?"

남편의 왼팔을 베고 누웠던 아내가 남편을 향하여 응석 비슷이 물어보았다.

그는 남편에게 서울의 화려한 거리며 후한 인심에 대하여 여러 번 들은 바 있어 일상 안타까운 마음으로 몽상은 하여 보았으나 실지 구경은 못하였다. 얼른 이 고생을 벗어나 살기 좋은 서울로 가고 싶은 생각이 간절하였다.

"곧 가게 되겠지, 빚만 좀 갚아도 가뜬하련만."

"빚은 낭종 갚더라도 얼핀 갑세다유."

"염려 없어. 이 달 안으로 꼭 가게 될 거니까."

남편은 썩 쾌히 승낙하였다.

딴은 그는 동리에서 일컬어 주는 길꾼으로 투전장의 가보쯤은 시루에서 콩나물 뽑듯 하는 명수였다. 내일 밤 이 원을 가지고 벼락같이 노름판에 달려가서 있는 돈이란 깡그리 모집어 올 생각을 하니 그는 은근히 기뻤다. 그리고 교묘한 자기의 손재간을 홀로 뽐내었다.

"이번이 서울 첨이지?"

하매, 그는 서울 바람 한 번 쐬었다고 큰 체를 하며 팔로 아내의 머리를 흔들어 물어보았다. 성미가 워낙 접접한지라 지금부터 서울 갈 준비를 착착 하고 싶었다.

그가 제일 걱정되는 것은 둠 구석에서 자라 먹은 아내를 데리고 가면 서울 사람에게 놀림도 받을 게고 거리끼는 일이 많을 듯싶었다. 그래서 서울 가면 꼭 지켜야 할 필수 조건을 아내에게 일일이 설명치 않을 수 없었다.

첫째, 사투리에 대한 주의부터 시작되었다. 농민이 서울 사람에게 '꼬라리'라는 별명으로 감잡히는 그 이유는 무엇보다도 사투리에 있을지니 사투리는 쓰지 말며 '합세'를 '하십니까'로, '하게유'를 '하오'로 고치되 말끝을 들지 말지라. 또 거리에서 어릿어릿하는 것은 내가 시골뜨기요 하는 얼뜬 짓이니 갈 길은 재게 가고 볼 눈은 또릿또릿이 볼지라 하는 것들이었다. 아내는 그 끔찍한 설교를 귀담아 들으며 모깃소리로,

"네, 네."

를 하였다.

남편은 뒤 시간 가량을 샐 틈 없이 꼼꼼하게 주의를 다져 놓고는 서울의 풍습이며 생활 방침 등을 자기의 의견대로 그럴싸

하게 이야기하여 오다가 말끝이 어느덧 화장술에 이르게 되었다. 시골 여자가 서울에 가서 안잠을 잘 자 주면 몇 해 후에는 집까지 얻어 갖는 수가 있는데, 거기에는 얼굴이 예뻐야 한다는 소문을 일찍 들은 바 있어 하는 소리였다.

"그래서 날마다 기름도 바르고, 분도 바르고, 버선도 신고 해서 쥔 마음에 썩 들어야……."

한참 신바람이 올라 주워섬기다가 옆에서 쌔근쌔근 소리가 들리므로 고개를 돌려 보니 아내는 이미 곯아져 잠이 깊었다.

"이런 망할 거, 남 말하는데 자빠져 잔담."

남편은 혼자 중얼거리며 바른팔을 들어 이마 위로 흐트러진 아내의 머리칼을 뒤로 쓰담아 넘긴다.

세상에 귀한 것은 자기 아내! 명색이 남편이며 이 날까지 옷 한 벌 변변히 못 해 입히고 고생만 짓시킨 그 죄가 너무나 큰 듯 가슴이 뻐근하였다. 그는 왁살스러운 팔로 아내의 허리를 꼭 껴안아 자기의 앞으로 바특이 끌어당겼다.

밤새도록 줄기차게 내리던 빗소리가 아침에 이르러서야 겨우 그치고 점심때에는 생기로운 볕까지 들었다. 쿨렁쿨렁 눈물 나는 소리는 요란히 들린다. 시내에서 고기 잡는 아이들의 고함이며, 농부들의 희희낙락한 미나리도 기운차게 들린다. 비는 춘호의 근심도 씻어 간 듯 오늘은 그에게도 즐거운 빛이 보였다.

"저녁 제누리 때 되었을걸, 얼른 빗고 가 봐……."

그는 갈증이 나서 아내를 자꾸 재촉하였다.

"아직 멀었어유."

"뭘!"

아내는 남편의 말대로 벌써부터 머리를 빗고 앉았으나 원래 달포나 안 가리어 엉클어진 머리가 시간이 꽤 걸렸다. 그는 호랑이 같은 남편과 오랜만에 정다운 정을 바꾸어 보니 근래에 볼 수 없는 화색이 얼굴에 떠돌았다.

어느 때에는 매적하게 생글생글 웃어도 보았다.

아내가 꼼지락하는 것이 보기에 퍽으나 갑갑하였다. 남편은 아내 손에서 얼레빗을 쑤욱 뽑아 들고는 시원스레 쭉쭉 내려 빗긴다.

다 빗긴 뒤 옆에 놓인 밥사발의 물을 손바닥에 연신 칠해 가며 머리에다 번지르르하게 발라 놓았다. 그래 놓고 위에서부터 머리칼을 재워 가며 맵시 있게 쪽을 딱 찔러 주더니 오늘 아침에 한사코 공을 들여 삼아 놓았던 짚신을 아내의 발에 신기고 주먹으로 자근자근 골을 내주었다.

"인제 가 봐!"

하다가,

"바루 곧 와, 응?"

하고 남편은 그 이 원을 고이 받고자 손색없도록, 실패 없도록 아내를 모양내 보냈다.

금따는콩밭

땅속 저 밑은 늘 음침하다.

고달픈 간드레 불. 맥없이 푸르끼하다.

밤과 달라서 낮엔 되우 흐릿하였다.

거친 황토 장벽으로 앞서 좌우가 콕 막힌 좁직한 구뎅이. 흡사히 무덤 속같이 귀중중하다. 싸늘한 침묵, 쿠더브레한 흙내와 징그러운 냉기만이 그 속에 자욱하다.

곡괭이는 뻔찔 흙을 이르집는다. 암팡스러이 내려 쪼며,

퍽 퍽 퍼억…….

이렇게 메떨어진 소리뿐. 그러나 간간 우수수 하고 벽이 헐린다.

영식이는 일손을 놓고 소맷자락을 끌어당기어 얼굴의 땀을 훑는다. 이놈의 줄이 언제나 잡힐는지 기가 찼다. 흙 한 줌을 집어 코밑에 바싹 들여대고 손가락으로 살살 뒤져 본다. 완연히 버력은 좀 변한 듯싶다. 그러나 볼통 버력이 아주 다 풀린 것도 아니었다. 밀똥 버력이라야 금이 나온다는데 왜 이리 안 나오는 건지.

곡괭이를 다시 집어 든다. 땅에 무릎을 꿇고 궁둥이를 번쩍 든 채 식식거린다. 곡괭이는 무작정 내려찍는다. 바닥에서 물이 스미어 무르팍이 흥건히 젖었다. 구접은 천판에서 흙방울이 내리며 목덜미로 굴러든다. 어떤 때에는 윗벽의 한쪽이 떨어지며 등을 탕 때리고 부서진다.

그러나 그는 눈도 하나 깜짝하지 않는다. 금을 캔다고 콩밭 하나를 다 잡쳤다. 약이 올라서 죽을 둥 살 둥 눈이 뒤집힌 이판이다. 손바닥에 침을 탁 뱉고 곡괭이 자루를 한 번 꼬나 잡더니 쉴 줄 모른다.

등 뒤에서는 흙 긁는 소리가 드윽드윽 난다. 아직도 버력을 다 못 친 모양. 이 자식이 일을 하나 시졸 하나. 남은 속이 바직바직 타는데 웬 뱃심이 이리도 좋아.

영식이는 살기 띤 시선으로 고개를 돌렸다. 암말 없이 수재를 노려본다. 그제야 꾸물꾸물 바지게에 흙을 담고 등에 메고 사다리를 올라간다.

 굿이 풀리는지 벽이 우찔하였다. 흙이 부서져 내린다. 전날이라면 이곳에서 아내 한 번 못 보고 생죽음이나 안 할까 털끝까지 쭈뼛할 게다. 그러나 이젠 그렇게 되고 싶다. 수재란 놈하고 흙더미에 묻히어 한껍에 죽는다면 그게 오히려 날 게다.

 이렇게까지 몹시몹시 미웠다.

 이놈 풍치는 바람에 애꿎은 콩밭 하나만 결딴을 냈다. 뿐만 아니라 모두가 낭패다. 세벌논도 못 맸다. 논둑의 풀은 성큼 자란 채 어지러이 널려 있다. 이 기미를 알고 지주는 대노하였다. 내년부터는 농사 질 생각을 말라고 발을 굴렀다. 땅은 암만을 파도 기수가 없다. 이만해도 다섯 길은 훨씬 넘었으리라. 좀 더 지펴야 옳을지 혹은 북으로 밀어야 옳을지, 우두커니 망설거린다. 금점 일에는 풋뜸이다. 여태까지 수재의 지휘를 받아 일을 하여 왔고, 앞으로도 역시 그러해야 금을 딸 것이다. 그러나 그런 칙칙한 짓은 안 한다.

 "이리와 이것 좀 파게."

 그는 으쓱 위풍을 보이며 이렇게 분부하였다. 그리고 저는 일어나 손을 털며 뒤로 물러선다.

 수재는 군말 없이 고분하였다. 시키는 대로 땅에 무릎을 꿇고 벽채로 군버력을 긁어 낸 다음 다시 파기 시작한다.

영식이는 치다 나머지 버력을 짊어진다. 커다란 걸대를 뒤뚝거리며 사다리로 기어오른다. 굿문을 나와 버력 더미에 흙을 마악 내리려 할 제,

"왜 또 파. 이것들이 미쳤나 그래!"

산에서 내려오는 마름과 맞닥뜨렸다. 정신이 떠름하여 그대로 벙벙히 섰다. 오늘은 또 무슨 포악을 들으려는가.

"말라니까 왜 또 파는 게야."

하고 영식이의 바지게 뒤를 지팡이로 콱 찌르더니,

"갈아먹으라는 밭이지 흙 쓰고 들어가라는 거야, 이 미친 것들아. 콩밭에서 웬 금이 나온다고 이 지랄들이야 그래."

하고 목에 핏대를 올린다. 밭을 버리면 간수 잘못한 자기 탓이다. 날마다 와서 그 북새를 피고 금하여도 담날 보면 또 여전히 파는 것이다.

"오늘로 이 구뎅이를 도로 묻어 놔야지, 낼로 당장 징역 갈 줄 알게."

너무 감정에 격하여 말도 잘 안 나오고 떠듬거린다. 주먹은 곧 날아들 듯이 허구리께서 불불 떤다.

"오늘만 좀 해 보고 고만두겠어유."

영식이는 낯이 붉어지며 가까스로 한마디 하였다. 그리고 무턱대고 빌었다. 마름은 들은 척도 안하고 가 버린다. 그 뒷모양

을 영식이는 멀거니 배웅하였다. 그러나 콩밭 낯짝을 들여다보니 무던히 애통이 터진다. 멀쩡한 밭가에 구멍이 사면 풍풍 뚫렸다.

예제없이 버력은 무데기 무데기 쌓였다. 마치 사태 만난 공동묘지와도 같이 귀살쩍고 되우 을씨년스럽다. 그다지 잘 되었던 콩 포기는 거반 버력더미에 다아 깔려 버리고 군데군데 어쩌다 남은 놈들만이 고개를 나풀거린다. 그 꼴을 보는 것은 자식 죽는 걸 보는 게 낫지 차마 못할 경상이었다. 농토는 모조리 떨어질 것이다. 그러나 대관절 올 밭도지 벼 두 섬 반은 뭐로 해내야 좋을지. 게다 밭을 망쳤으니 자칫하면 징역을 갈는지도 모른다.

영식이가 구덩이 안으로 들어왔을 때 동무는 땅에 주저앉아 쉬고 있었다. 태연 무심히 담배만 뻑뻑 피는 것이다.

"언제나 줄을 잡는 거야."

"인제 차차 나오겠지."

"인제 나온다?"

하고 코웃음치고 엇먹더니 조금 지나매,

"이 새끼."

흙덩이를 집어 들고 골통을 내려친다.

수재는 어쿠 하고 그대로 푹 엎드린다. 그러나 벌떡 일어선다. 눈에 띄는 대로 곡괭이를 잡자 대뜸 달려들었다. 그러나 강

약이 부동, 왈살스러운 팔뚝에 퉁겨져서 벽에 가서 쿵하고 떨어졌다. 그 순간에 제가 빼앗긴 곡괭이가 정수리를 겨누고 날아드는 걸 보았다. 고개를 홱 돌린다. 곡괭이는 흙벽을 퍽 찍고 다시 나간다.

수재 이름만 들어도 영식이는 이가 갈렸다. 분명히 홀딱 속은 것이다.

영식이는 본디 금점에 이력이 없었다. 그리고 흥미도 없었다. 다만 밭고랑에 웅크리고 땀을 흘려 가며 꾸벅꾸벅 일만 하였다. 올엔 콩도 뜻밖에 잘 열리고 맘이 좀 놓였다. 하루는 홀로 김을 매고 있노라니까,

"여보게 덥지 않은가. 좀 쉬었다 하게."

고개를 들어 보니 수재다. 농사는 안 짓고 금점으로만 돌아다니더니 무슨 바람에 또 왔는지 싱글싱글한다. 좋은 수나 걸렸나 하고,

"돈 좀 많이 벌었나. 나 좀 채 주게."

"벌구 말구. 맘껏 먹고 맘껏 쓰고 했네."

술에 거나한 얼굴로 신껏 주적거린다. 그리고 밭머리에 쭈그리고 앉아 한참 객설을 부리더니,

"자네 돈벌이 좀 안 하려나. 이 밭에 금이 묻혔네 금이."

"뭐?"
하니까,

바로 이 산 너머 큰골에 광산이 있다. 광부를 삼백여 명이나 부리는 노다지판인데 매일 소출되는 금이 칠십 냥을 넘는다. 돈으로 치면 칠천 원. 그 줄맥이 큰 산허리를 뚫고 이 콩밭으로 뻗어 나왔다는 것이다. 둘이서 파면 불과 열흘 안에 줄을 잡을 게고 적어도 하루 서 돈씩은 따리라. 우선 삼십 원만 해두 얼마냐. 소를 산대도 반 필이 아니냐고. 그러나 영식이는 귀담아듣지 않았다. 금점이란 칼 물고 뜀뛰기다. 잘되면 이어니와 못되면 신세만 조진다. 이렇게 전일부터 들은 소리가 있어서였다. 그 담날도 와서 꾀송거리다 갔다.

세 번째는 집으로 찾아왔는데 막걸리 한 병을 손에 떡 들고 영을 피운다. 몸이 달아서 또 온 것이었다. 봉당에 걸터앉아서 저녁상을 물끄러미 바라보더니 조당수는 몸을 훑는다는 둥 일꾼은 든든히 먹어야 한다는 둥 남들은 논을 사느니 밭을 사느니 떠드는데 요렇게 지내다 그만둘 테냐는 둥 일쩝게 지절거린다.

"아주머니, 이것 좀 먹게 해 주시게유."

그리고 비로소 영식이 아내에게 술병을 내놓는다. 그들은 밥상을 끼고 앉아서 즐겁게 술을 마셨다. 몇 잔이 들어가고 보니 영식이의 생각도 적이 돌아섰다. 딴은 일 년 고생하고 기껏 콩

몇 섬 얻어먹느니보다는 금을 캐는 것이 슬기로운 짓이다. 하루에 잘만 캔다면 한 해 줄곧 공들인 그 수확보다 훨씬 이익이다. 올 봄 보낼 제 비료 값, 품삯, 빚진 칠 원 까닭에 나날이 졸리는 이판이다. 이렇게 지지하게 살고 말 바에는 차라리 가로 지나 세로 지나 사내자식이 한 번 해 볼 것이다.

"내일부터 우리 파 보세. 돈만 있으면이야 그까진 콩은……."

수재가 안달스레 재우쳐 보채일 제 선뜻 응낙하였다.

"그래 보세. 빌어먹을 거 안 됨 고만이지."

그러나 꽁무니에서 죽을 마시고 있던 아내가 허구리를 쿡쿡 찔렀게 망정이지 그렇지 않았더면 좀 주저할 뻔도 하였다.

아내는 아내대로의 셈이 빨랐다. 시체(時體)는 금점이 판을 잡았다. 섣부르게 농사만 짓고 있다간 결국 비렁뱅이밖에는 더 못된다. 얼마 안 있으면 산이고 논이고 밭이고 할 것 없이 다 금쟁이 손에 구멍이 뚫리고 뒤집히고 뒤죽박죽이 될 것이다. 그때는 뭘 파먹고 사나. 자, 보아라. 머슴들은 짜기나 한 듯이 일하다 말고 훅닥 하면 금점으로들 내빼지 않는가. 일꾼이 없어서 올엔 농사를 질 수 없느니 마느니 하고 동리에서는 떠들썩하다. 그리고 번동 포농이 쫓아 호미를 내어던지고 강변으로 개울로 사금을 캐러 달아난다. 그러나 며칠 뒤에는 다비 신에다 옥당목을 떨치고 히짜를 뽑는 것이 아닌가. 아내는 콩밭에서 금이 날 줄은 아주 뜻밖이었다. 놀라고도 또 기뻤다. 올해는 노상 침만 삼키던 그놈 코다리를 짜장(정말) 먹어 보겠구나만 하여도 속이 메질 듯이 짜릿하였다. 뒷집 양근댁은 금점 덕택에 남편이 사다 준 흰 고무신을 신고 나릿나릿 걷는 것이 무척 부러웠다. 저도 얼른 금이나 펑펑 쏟아지면 흰 고무신도 신고 얼굴에 분도 바르고 하리라.

"그렇게 해 보지 뭐. 저 양반 하자는 대로만 하면 어련히 잘될라구."

얼뚤하여 앉았는 남편을 이렇게 추겼던 것이다.

동이 트기 무섭게 콩밭으로 모였다. 수재는 진언이나 하는 듯이 이리 대고 중얼거리고 저리 대고 중얼거리고 하였다. 그리고 덤벙거리며 이리 왔다가 저리 갔다가 하였다. 제 딴은 땅속에 누운 줄맥을 어림하여 보는 맥이었다.

한참을 밭을 헤매다가 산 쪽으로 붙은 한 구석에 딱 서며 손가락을 펴 들고 설명한다. 큰 줄이란 본시 산운, 산을 끼고 도는 법이다. 이 줄이 노다지임에는 필시 이견으로 비듬히 누웠으리라. 그러니 여기서부터 파 들어가자는 것이었다.

영식이는 그 말이 무슨 소린지 새기지는 못했다마는, 금점에는 난다는 수재니 그 말대로 하기만 하면 영락없이 금퇴야 나겠지 하고 그것만 꼭 믿었다. 군말 없이 지시해 받은 곳에다 삽을 푹 꽂고 파헤치기 시작하였다.

 금도 금이며 애를 써 키워 온 콩도 콩이었다. 거진 다 자란 허울 멀쑥한 놈들이 삽 끝에 으스러지고 흙에 묻히고 하는 것이다. 그걸 보는 것은 썩 속이 아팠다. 애틋한 생각이 물밀 때 가끔 삽을 놓고 허리를 구부려서 콩잎의 흙을 털어 주기도 하였다.

 "아, 이 사람아 맥쩍게 그건 봐 뭘해, 금을 캐자니깐."

 "아니야, 허리가 좀……."

 핀잔을 얻어먹고는 좀 열쩍었다. 하기는 금만 잘 터지면 이까짓 콩밭쯤이야. 이 밭을 풀어 논도 만들 수 있을 것이다. 눈을 감아 버리고 삽의 흙을 아무렇게나 콩잎 위로 홱홱 내어던진다.

 "구구루 땅이나 파먹지 이게 무슨 지랄들이야!"

 동리 노인은 뻔찔 찾아와서 귀 거친 소리를 하고 하였다.

 밭에 구멍을 셋이나 뚫었다. 그리고 대구 뚫는 길이었다. 금인가 난장을 맞을 건가 그것 때문에 농군은 버렸다. 이제 필연코 세상이 망하려는 징조이리라. 그 소중한 밭에다 구멍을 뚫고 이 지랄이니 그놈이 온전할 겐가.

 노인은 제물 화에 지팡이를 들어 삿대질을 아니할 수 없었다.

 "벼락 맞느니, 벼락 맞어."

 "염려 말아유, 누가 알래지유."

 영식이는 그럴 적마다 데퉁스레 쏘았다. 금점에 흙을 되는 대로 내꼰지고는 침을 탁 뱉고 구뎅이로 들어간다. 그러나 마음 한구석에는 언제나 끄은하였다. 줄을 찾는다고 콩밭을 통히 뒤집어 놓았다. 그리고 줄이 언제나 나올지 아직 까맣다. 논도 못 매고, 물도 못 보고, 벼가 어이 되었는지 그것조차 모른다. 밤에는 잠이 안 와 멀뚱하니 애를 태웠다. 수재는 낙담하는 기색도 없이 늘 하냥이었다. 땅에 웅숭그리고 시적시적 노량으로 땅만 판다.

"줄이 꼭 나오겠나?"

하고 목이 말라서 물으면,

"이번에 안 나오거든 내 목을 베게."

서슴지 않고 장담을 하고는 꿋꿋하였다.

이걸 보면 영식이도 마음이 좀 뇌는 듯싶었다. 전들 금이 없다면 무슨 멋으로 이 고생을 하랴. 반드시 금은 나올 것이다. 그제서는 이왕 손해는 하릴없거니와 고만두리라는 절망이 스스로 사라지고 다시금 주먹이 쥐어지는 것이었다.

캄캄하게 밤은 어두웠다. 어디선가 뭇 개가 요란히 짖는다.

남편은 진흙 투성이를 하고 내려왔다. 풀이 죽어서 몸을 잘 가누지도 못하고 아랫목에 축 늘어진다.

이 꼴을 보니 아내는 맥이 다시 풀린다. 오늘도 또 글렀구나. 금이 터지면 집을 한 채 산다고 자랑을 하고 왔더니 이내 헛일이었다. 인제 좌기가 나서 낯을 들고 나갈 염의조차 없어졌다.

남편에게 저녁을 갖다 주고 딱하게 바라본다.

"인제 뭐 온 양식도 다 먹었는데……."

"새벽에 산제를 좀 지낼 텐데 한 번만 더 꿔 와."

남의 말에는 대답 없고 유하게 흘게 늦은 소리뿐, 그리고 드러누운 채 눈을 지그시 감아 버린다.

"죽거리도 없는데 산제는 무슨……."

"듣기 싫어, 요망 맞은 년 같으니."

이 호통에 아내는 고만 멈씰하였다. 요즘 와서는 무턱대고 공연스리 골만 내는 남편이 역 딱하였다. 환장을 하는지 밤잠도 아니 자고 소리만 빽빽 지르며 덤벼들려고 든다. 심지어 어린것이 좀 울어도 이 자식 갖다 내꾼지라고 북새를 피는 것이다.

저녁을 아니 먹으므로 그냥 치워 버렸다. 남편의 영(令)을 거역키 어려워 양근댁한테로 또 다시 안 갈 수 없다. 그간 양식은 줄곧 꾸어다 먹고 갚지도 못하였는데 또 무슨 면목으로 입을 벌릴지 난처한 노릇이었다.

그는 생각다 끝에 있는 염치를 보째 쏟아 던지고 다시 한 번 찾아가는 것이다마는 딱 맞닥뜨리어 입을 열고,

"낼 산제를 지낸다는데 쌀이 있어야지유."

하자니 역 낯이 화끈하고 모닥불이 날아든다.

그러나 그들은 어지간히 착한 사람이었다.

"암 그렇지요. 산신이 벗나면 죽도 그릅니다."
하고 말을 받으며 그 남편은 빙그레 웃는다. 워낙이 금점에 장구 닳아난 몸인 만치 이런 일에도 적잖이 속이 틔었다. 손수 쌀 닷 되를 떠다 주며,

"산제라 안 지냄 몰라두 이왕 지낼려면 아주 정성껏 해야 됩니다. 산신이란 노하길 잘 하니까유."
하고 그 비방까지 깨쳐 보낸다.

쌀을 받아들고 나오며 영식이 처는 고마움보다 먼저 미안에 질리어 얼굴이 다시 빨갰다. 그리고 그들 부부 살아가는 살림이 참으로 몹시 부러웠다. 양근댁 남편은 날마다 금점으로 감돌며 버력 더미를 뒤지고 토록을 주워 온다. 그걸 온종일 장판돌에다 갈면 수가 좋으면 이삼 원, 옮아도 칠팔십 전 꼴은 매일 심이 되는 것이다. 그러면 쌀을 산다, 피륙을 끊는다, 떡을 한다, 장리를 놓는다……. 그런데 우리는 왜 늘 요 꼴인지, 생각만 하여도 가슴이 메이는 듯 맥맥한 한숨이 연발을 하는 것이었다.

아내는 집에 돌아와 떡쌀을 담갔다. 낼은 뭐로 죽을 쑤어 먹을는지. 윗목에 웅크리고 앉아서 맞은쪽에 자빠져 있는 남편을 곁눈으로 살짝 할퀴어 본다. 남들은 돌아다니며 잘두 금을 주워 오련만 저 망나니 제 밭 하나를 다 버려도 금 한 톨 못 주워 오

나. 에에, 변변치도 못한 사나이. 저도 모르게 얕은 한숨이 거푸 두 번을 터진다.

밤이 이슥하여 그들 양주는 떡을 하러 나왔다. 남편은 절구에 쿵쿵 빻았다. 그러나 체가 없다. 동네로 돌아다니며 빌려 오느라고 아내는 다리에 불풍이 났다.

"왜 이리 앉었수, 불 좀 지피지."

떡을 찧다가 얼이 빠져서 멍하니 앉아 있는 남편이 밉살스럽다. 남은 이래저래 애를 죄는데 저건 무슨 생각을 하고 저리 있는 건지. 낫으로 삭정이를 탁탁 쪼개서 던져 주며 아내는 은근히 훅닥이었다.

닭이 두 홰를 치고 나서야 떡은 되었다. 아내는 시루를 이고 남편은 겨드랑이에 자리때기를 꼈다. 그리고 캄캄한 산길을 올라간다.

비탈길을 얼마 올라가서야 콩밭은 놓였다. 전면에 우뚝한 검은 산에 둘리어 막힌 곳이었다. 가생이로 느티 대추나무들은 머리를 풀었다. 밭머리 조금 못 미처 남편은 걸음을 멈추자 뒤의 아내를 돌아본다.

"인내, 그러구 여기 가만히 섰어."

시루를 받아 한 팔로 껴안고 그는 혼자서 콩밭으로 올라섰다. 앞에 쌓인 것이 모두가 흙더미, 그 흙더미를 마악 돌아서려 할 제 아마 돌을 찼나 보다. 몸이 쓰러지려고 우찔끈하니 아내가 기겁을 하여 뛰어오르며 그를 부축하였다.

"부정타라구 왜 올라와, 요망 맞은 년."

남편은 몸을 고루잡자 소리를 빽 지르며 아내 얼뺨을 붙인다. 가뜩이나 죽으라 죽으라 하는데 불길하게도 계집년이. 그는 마뜩지 않게 투덜거리며 밭으로 들어간다. 밭 한가운데다 자리를 펴고 그 위에 시루를 놓았다. 그리고 시루 앞에다 공손하고 정성스레 재배를 커다랗게 한다.

"우리를 살펴 줍시사. 산신께서 거들어 주지 않으면 저희는 죽을밖에 꼼짝할 수 없습니다유."

그는 손을 모으고 이렇게 축원하였다.

아내는 이 꼴을 바라보며 독이 뾰록같이 올랐다. 금점을 합네 하고 금 한 톨 못 캐는 것이 버릇만 점점 글러 간다. 그 전에는 없더니 요새로 건뜻 하면 탕탕 때리는 못된 버릇이 생긴 것이다. 금을 캐랬지 뺨을 치랬나. 제발 덕분에 고놈의 금 좀 나오지 말았으면. 그는 뺨 맞은 앙심으로 맘껏 방자하였다.

하긴 아내의 말 고대로 되었다. 열흘이 썩 넘어도 산신은 깜깜 무소식이었다. 남편은 밤낮으로 눈을 까뒤집고 구덩이에 묻혀 있었다. 어쩌다 집엘 내려오는 때이면 얼굴이 헐떡하고 어깨가 축 늘어지고 거반 병객이었다. 그리고서 잠자코 커다란 몸집을 방고래에다 큉 하고 내던지곤 하는 것이다.

"제 에미 붙을, 죽어나 버렸으면……."

혹은 이렇게 탄식하기도 하였다.

아내는 바가지에 점심을 이고서 집을 나섰다. 젖먹이는 등을 두드리며 좋다고 끽끽거린다.

인젠 흰 고무신이고 코다리고 생각조차 물렸다. 그리고 '금' 하는 소리만 들어도 입에 신물이 날 만큼 되었다. 그건 고사하고 꿔다 먹은 양식에 졸리지나 말았으면 그만도 좋으련만.

가을은 논으로 밭으로 누렇게 내리었다. 농군들은 기꺼운 낯을 하고 서로 만나면 흥겨운 농담, 그러나 남편은 앰한 밭만 망치고, 논조차 건살 못하였으니 이 가을에는 뭘 거둬들이고 뭘 즐겨할는지, 그는 동리 사람의 이목이 부끄러워 산길로 돌았다.

솔숲을 나서서 멀리 밖에를 바라보니 둘이 다 나와 있다. 오늘도 또 싸운 모양. 하나는 이 쪽 흙더미에 앉았고 하나는 저쪽에 앉았고. 서로들 외면하여 담배만 뻑뻑 피운다.

"점심들 잡숫게유."

남편 앞에 바가지를 내려놓으며 가만히 맥을 보았다.

남편은 적삼이 찢어지고 얼굴에 생채기를 내었다. 그리고 두 팔을 걷고 먼 산을 향하여 묵묵히 앉았다.

수재는 흙에 박혔다 나왔는지 얼굴은커녕 귓속들이 흙투성이다. 코밑에는 피딱지가 말라붙었고 아직도 조금씩 흘러내린다. 영식이 처를 보더니 열쩍은 모양. 고개를 돌리어 모로 떨어치며 입맛만 쩍쩍 다신다.

금을 캐라니까 밤낮 피만 내다 말라는가. 빚에 졸리어 남은 속을 볶는데 무슨 호강에 이 지랄들인구. 아내는 못마땅하여 눈가에 살을 모았다.

"산제 지낸다구 꿔 온 것은 은제나 갚는다지유?"

뚱하고 있는 남편을 향하여 말끝을 꼬부린다. 그러나 남편은 눈썹 하나 까딱하지 않는다. 이번에는 어조를 좀 돋우며,

"갚지도 못할 걸 왜 꿔 오라 했지유?"

하고 얼추 호령이었다. 이 말은 남편의 채 가라앉지도 못한 분통을 다시 건드린다. 그는 벌떡 일어서며 황밤 주먹을 쥐어 창망할 만치 아내의 골통을 후렸다.

"계집년이 방정맞게."

다른 것은 모르나 주먹에는 아찔이었다. 멋없이 덤비다간 골통이 부서진다. 암상을 참고 바르르하다가 이윽고 아내는 등에 업은 어린아이를 끌어들였다. 남편에게로 그대로 밀어 던지니 아이는 까르륵하고 숨 모는 소리를 친다. 그리고 아내는 돌아서서 혼잣말로,

"콩밭에서 금을 딴다는 숙맥도 있담."

하고 빗대 놓고 비아냥거린다.

"이년아, 뭐!"

남편은 대뜸 달려들며 그 볼치에다 다시 올찬 황밤을 주었다. 저그나면 계집이니 위로도 하여 주련만 요건 분만 폭폭 질러 놓려나. 예이 빌어먹을 거, 이판사판이다.

"너허구 안 산다. 오늘루 가거라."

아내를 와락 떠다밀어 밭둑에 제켜 놓고 그 허구리를 발길로 퍽 질렀다. 아내는 입을 헉하고 벌린다.

"네가 허라구 옆구리를 찌를 제는 언제냐. 요 집안 망할 년."

그리고 다시 퍽 질렀다. 연하여 또 퍽.

이 꼴들을 보니 수재는 조바심이 일었다. 저러다가 그 분풀이가 다시 제게로 슬그머니 옮아 올 것을 지르채었다. 인제 걸리면 죽는다. 그는 비슬비슬하다 어느 틈엔가 구뎅이 속으로 시나브로 없어져 버린다. 별은 다사로운 가을 향취를 풍긴다. 주인을 잃고 콩은 무거운 열매를 둥글둥글 흙에 굴린다. 맞은쪽 산 밑에서 벼들을 베며 기뻐하는 농군의 노래.

"터졌네, 터져."

수재는 눈이 휘둥그렇게 굿문을 뛰어나오며 소리를 친다. 손에는 흙 한 줌이 잔뜩 쥐였다.

"뭐?"

하다가,

"금줄 잡았어, 금줄."

"응!"

하고, 외마디를 뒤남기자 영식이는 수재 앞으로 살같이 달려들었다. 허겁지겁 그 흙을 받아 들고 샅샅이 헤쳐 보니 딴은 재래에 보지 못하던 불그죽죽한 황토이었다. 그는 눈에 눈물이 핑 돌며,

"이게 원줄인가?"

"그럼 이것이 곱색줄이라네. 한 포에 댓 돈씩은 넉넉하게 잡히네."

영식이는 기쁨보다 먼저 기가 탁 막혔다. 웃어야 옳을지 울어야 옳을지. 다만 입을 반쯤 벌린 채 수재의 얼굴만 멍하니 바라본다.

"이리 와 봐. 이게 금이래."

이윽고 남편은 아내를 부른다. 그리고 내 뭐랬어, 그러게 해 보라고 그랬지 하고 설면설면 덤벼 오는 아내가 한결 어여뻤다. 그는 엄지손가락으로 아내의 눈물을 지워 주고 그리고 나서 껑충거리며 구뎅이로 들어간다.

"그 흙 속에 금이 있지요?"

영식이 처가 너무 기뻐서 코다리에 고래 등 같은 집까지 연상할 제 수재는 시원스러이,

"네, 한 포대에 오십 원씩 나와유."

하고 대답하고 오늘밤에는 정녕코 달아나리라 생각하였다.

거짓말이란 오래 못 간다. 봉이 나서 뼈다귀도 못 추리기 전에 훨훨 벗어나는 게 상책이겠다.

노다지

 그믐 칠야 캄캄한 밤이었다. 하늘에 별은 깨알같이 총총 박혔다. 그 덕으로 솔숲 속은 간신히 희미하였다. 험산 산중에도 우중충하고 구석빼기 외딴 곳이다. 버석만 하여도 가슴이 덜렁한다. 호랑이, 산골 호생원! 만귀는 잠잠하다. 가을은 이미 늦었다고 냉기는 모질다. 이슬을 품은 가랑잎은 바시락 날아들며 얼굴을 추긴다.
 꽁보는 바랑을 모로 베고 풀 위에 꼬부리고 누웠다가 잠깐 깜박하였다. 다시 눈이 띄었을 적에는 몸서리가 몹시 나온다. 형은 맞은편에 그저 웅크리고 앉았는 모양이다.
 "성님, 인저 시작해 볼라우!"

"아즉 멀었네. 좀 칩더라도 참참이 해야지……."

어둠 속에서 그 음성만 우렁차게, 그러나 가만히 들릴 뿐이다. 연모를 고치는지 마치 쇠 부딪는 소리와 아울러 부스럭거린다. 꽁보는 다시 옹송그리고 새우잠으로 눈을 감았다. 야기에 옷은 젖어 후줄근하다. 아랫도리가 척 나간 듯이 감촉을 잃고 대고 쑤실 따름이다. 그대로 버뜩 일어나 하품을 하고는 으드들 떨었다.

어디서인지 자박자박 사라지는 발자국 소리가 들린다. 꽁보는 정신이 번쩍 나서 눈을 둥글린다.

"누가 오는 게 아뉴?"

"바람이겠지, 즈들이 설마 알라구!"

신청부같은(걱정이 많아 사소한 것은 돌아볼 마음의 여유가 없는) 그 대답에 적이 맘이 놓인다. 곁에 형만 있으면야 몇 놈쯤 오기로서니 그리 쬐일 게 없다. 적삼의 깃을 여미며 휘돌아보았다.

감때사나운 큰 바위가 반득이는 하늘을 찌를 듯이, 삐쭈(삐죽) 솟았다. 그 양어깨로 자지레한 바위는 몽글몽글한 놈이 검은 구름 같다. 그러면 이번에는 꿈인지 호랑인지 영문 모를 그런 험상궂은 대가리가 공중에 불끈 나타나 두리번거린다.

사방은 모두 이따위 산에 둘렸다. 바람은 뻔질나게 구르며 습기와 함께 낙엽을 풍긴다. 을씨년스레 샘물은 노냥(늘상) 쫄랑

쫄랑, 금시라도 시커먼 산 중턱에서 호랑이 불이 보일 듯싶다. 꼼짝 못할 함정에 든 듯이 소름이 쭉 돋는다.

꽁보는 너무 서먹서먹하고 허전하여 어깨를 으쓱 올린다. 몹쓸 놈의 산골도 다 많어이. 산골마다 모조리 요지경이람. 이러고 보니 몹시 무서운 기억이 눈앞으로 번쩍 지난다.

바로 작년 이맘때이다. 그날도 오늘과 같이 밤을 도와 잠채(광물을 몰래 채굴하거나 채취함)를 하러 갔던 것이다. 회양 근방에서 가장 험하다는 마치 이렇게 휘하고(쓸쓸하고) 낯선 산골을 기어올랐다. 꽁보에 더펄이 그리고 또 다른 동무 셋과.

초저녁부터 내리는 보슬비가 웬일인지 그칠 줄을 모른다. 붕, 하고 난데없이 이는 바람에 안기어 비는 낙엽과 함께 몸에 부딪고 또 부딪고 하였다. 모두들 입 벌릴 기력조차 잃고 대구 부들부들 떨었다. 방금 넘어올 듯이 덩치 커다란 바위는 머리를 불쑥 내 대고 길을 막고 막고 한다. 그놈을 끼고 캄캄한 절벽을 돌고 나니 땀이 등줄기로 쭉 내려 흘렀다. 게다가 언제 호랑이가 내닫는지 알 수 없으매 가슴은 펄쩍 두근거린다.

그러나 하기는, 이제 말이지 용케도 해먹긴 하였다. 아무렇든지 다섯 놈이 서른 길이나 넘는 암굴에 들어가서 한 시간도 채 못 되자 감(광석)을 두 포대나 실히 따 올렸다마는, 문제는 논으맥이(나눠 먹기)에 있었다. 어떻게 이놈을 나누면 서로 억울치 않을까. 꽁보는 금점에 남다른 이력이 있느니만치 제가 선뜻 말았다. 부피를 대중하여 다섯 목에다 차례대로 메지메지 골고루 노났던 것이다. 한데 이런 우스꽝스러운 놈이 또 있을까.

"이게 일터면 노눈 건가!"

어두운 구석에서 어떤 놈이 이렇게 쥐어박는 소리를 하는 것이다. 제 딴은 욱기를 보이느라고 가래침을 배앝는다.

"그럼."

꽁보는 하 어이없어서 그쪽을 뻔히 바라보았다. 이건 우리가 늘 하는 격식인데 이제 와서 새삼스럽게 게정(심술)을 부릴 것이 아니다.

"아니, 요게 내 거야?"

"그럼 누군 감벼락(날벼락)을 맞았단 말인가?"

"아니, 이 구덩이를 먼저 낸 것이 누군데 그래?"

"누구고 새고 알 게 뭐 있나, 금 있으니 땄고, 땄으니 노났지!"

"알 게 없다? 내가 없어도 느가 왔니? 이 새끼야?"

"이런 숭맥 보래, 꿀돼지 제 욕심 채기로 너만 먹자는 거야?"

바로 이 말에 자식이 욱하고 들이덤볐다. 무지한 두 손으로 꽁보의 멱살을 잔뜩 움켜쥐고, 흔들고 지랄을 한다. 꽁보가 체수가 작고 좀팽이라 쳐들고 한창 얕본 모양이다. 비를 맞아 가며 숨이 콕 막히도록 시달리니 꽁보도 화가 안 날 수 없다. 저도 모르게 어느덧 감석을 손에 잡자 놈의 골통을 패뜨렸다 하니까 이놈이 꼭 황소같이 식 하더니 꽁보를 피언한 돌 위에다 집어 때렸다. 그리고 깔고 앉더니 대뜸 벽채(광석을 파내거나 모으는 데 쓰이는 호미 같은 기구)를 들어 곁갈빗대를 힉 하도록 아주 몹시 조겼다(호되게 갈겼다). 죽질 않기만 다행이지만 지금도 이게 가끔 도지어 몸을 못 쓰는 것이다. 담에는 왼편 어깨를 된통 맞았다. 정신이 다 아찔하였다. 험하고 깊은 산속이라 그대로 죽여 버릴 작정이 분명하다. 세 번째에는 또다시 가슴을 겨누고 내려올 제, 인제는 꼬박 죽었구나 하였다. 참으로 지긋지긋하고 아슬아슬한 순간이었다. 그때 천행이랄까 대문짝처럼 크고 억센 더펄이가 비호같이 날아들었다. 잡은참(지체없이) 그놈의 허리를 뒤로 두 손에 쥐어 들더니 산비탈로 내던져 버렸다. 그놈은 그때 살았는지 죽었는지 이내 모른다. 꽁보는 곧바로 감석과 한꺼번에 더펄이 등에 업히어 마을로 내려왔던 것이다.

현재 꽁보가 갖고 다니는 그 목숨은 더펄이 손에서 명줄을 받은 그때의 끄트머리다. 더펄이를 형이라 불렀고 형우제공(兄友弟恭, 형제가 서로 우애를 다함)을 깍듯이 하는 것도 까닭 없는 일은 아니었다.

이 산골도 그 녀석의 산골과 똑 헐없는 흉측스러운 낯짝을 가졌다. 한 번 휘돌아 보니 몸서리치던 그 경상이 다시 생각나지 않을 수 없다. 꽁보는 담배를 빡빡 피우며 시름없이 앉았다.

"몸 좀 녹여서 인저 시적시적 해 볼까?"

더펄이도 추운지 떨리는 몸을 툭툭 털며 일어선다. 시작하도록 연모는 차비가 다 된 모양. 저편으로 가서 훔척훔척(보이지 않는 데 있는 것을 찾으려고 더듬는 모양)하더니 바랑에서 막걸리 병과 돼지 다리를 꺼내 들고 이리로 온다.

"그래도 좀 거냉(약간 데워 찬 기운을 가시게 함)은 해야 할걸!"
하고 그는 병마개를 이로 뽑더니,

"에이, 그냥 먹세. 언제 데워 먹겠나?"

"데웁시다."

"글쎄, 그것두 좋구. 근데 불을 났다가 들키면 어쩌나?"

"저 바위틈에다 가리고 뎁시다."

아우는 일어서서 가랑잎을 긁어모았다.

형은 더듬어 가며 소나무 삭정이를 뚝뚝 꺾어서 한 아름 안았다. 평풍과 같이 바위와 바위 사이에 틈이 벌었다. 그 속으로 들어가 그들은 불을 놓았다.

"커⋯⋯ 그어 맛 좋다이."

형은 한 잔을 쭉 켜고 거나하였다. 칼로 돼지고기를 저며 들고 쩍쩍 씹는다.

"아까 술집 계집 봤나?"

"왜 그류?"

"어떻든가?"

"……."

"아주 똑 땄데 고거 참……."

하고, 그는 눈을 불빛에 끔벅거리며 싱글싱글 웃는다.

일 년이면 열두 달 줄창 돌아만 다니는 신세였다. 오늘은 서로, 내일은 동으로, 조선 천지의 금점판치고 아니 집적거린 데가 없었다. 언제나 나도 그런 계집 하나 만나 살림을 좀 해 보누 하면 무거운 한숨이 절로 안 날 수 없다.

"거, 계집 있는 게 한결 낫겠더군!"

하고 저도 열적을 만큼 시풍스러운 소리를 하니까,

"글쎄요……."

하고 꽁보는 그 얼굴을 빤히 쳐다보았다.

이날까지 같이 다녀야 그런 법 없더니만 왜 별안간 계집 생각이 날까, 별일이로군! 하긴, 저도 요즘으로 부쩍 그런 생각이 무럭무럭 안 나는 것도 아니지만, 가을이 늦어서 그런지 홀아비 마주 앉기만 하면 나는 건 그 생각뿐.

"성님, 장가 들라우?"

"어디 웬 계집이 있나?"

"글쎄."

하고 꽁보는 그 말을 재치다가 언뜻 이런 생각을 하였다. 제 누이를 주면 어떨까. 지금 그 누이가 충주 근방 어느 농군에게 출가하여 자식을 둘씩이나 낳았다마는 매우 반반한 얼굴을 가졌다. 이걸 준다면 형은 무척 반기겠고, 또한 목숨을 구해 준 그 은혜에 대하여 손씨세도 되리라.

"성님, 내 누이를 주라우?"

"누이?"

"썩 이뿌우. 성님이 보면 아마 담박 반하리다."

더펄이는 다음 말을 기다리며 다만 벙벙하였다. 불빛에 이글이글하고 검붉은 그 얼굴에는 만족한 미소가 떠올랐다. 그 누이에 대하여 칭찬은 전일부터 많이 들었다. 그럴 적마다 속중으로는 슬며시 생각이 달랐으나 차마 이렇다 토설치는 못했던 터이었다.

"어떻수?"

"글쎄, 그런데 살림하는 사람을 그리 되겠나?"

하며, 뒷심은 두면서도 어정쩡하게 물어보았다. 그리고 들껍쩍하고(방정맞고 어울리지 않게 몸을 위아래로 흔들어 대고) 술을 따라서 아우에게 권하다가 반이나 엎질렀다.

"그야, 돌려 빼면 그만이지 누가 뭐랠 터유."

꽁보는 자신이 있는 듯이 이렇게 선언하였다.

더펄이는 아주 좋았다. 팔짱을 딱 지르고 눈을 감았다. 나도 인젠 계집 하나 안아 보는구나! 아마 그 누이란 썩 이쁠 것이다. 오동통하고, 아양스럽고, 이런 계집에 틀림없으리라. 그럴 필요도 없건마는 그는 벌떡 일어서서 주춤주춤하다가 다시 펄썩 앉는다.

"은제 갈려나?"

"가만 있수, 이거 해 가지구 낼 갑시다."

오늘 일만 잘 되면 낼로 곧 떠나도 좋다. 충청도라야 강원도 역경을 지나 칠팔십 리 걸으면 그만이다. 낼 해껏 걸으면 모레 아침에는 누이 집을 들러서 다른 금점으로 가리라 예정하였다. 그런데 이놈의 금을 언제나 좀 잡아 볼는지 아득한 일이었다.

"빌어먹을 거, 은제쯤 재수가 좀 터 보나!"

꽁보는 뜯던 돼지 뼈다귀를 내던지며 이렇게 한탄하였다.

"염려 말게, 어떻게 되겠지! 오늘은 꼭 노다지가 터질 테니 두고 볼려나?"

"작히 좋겠수, 그렇거든 고만 들어앉읍시다."

"이를 말인가, 이게 참 할 노릇을 하나, 이제 말이지."

그들은 몇 번이나 이렇게 짜위(둘이 몰래 짜고 하는 약속)했는지 그 수를 모른다. 네가 노다지를 만나든, 내가 만나든 둘이 똑같이 나눠 가지고 집을 사고 계집을 얻고, 술도 먹고, 편히 살자고. 그러나 여태껏 한 번이라도 그렇게 해 본 적이 없으니 매양 헛소리가 되고 말았다.

"닭 울 때도 되었네, 인제 슬슬 가 볼려나?"

더펄이는 선뜻 일어서서 바랑을 걸어지다가 꽁보를 바라보았다. 몸이 또 도지는지 불 앞에서 오르르 떨고 있는 것이 퍽이나 측은하였다.

"여보게 내 혼자 해 가져올게. 불이나 쬐고 거기 있을려나?"

"뭘, 갑시다."

꽁보는 꼬물꼬물 일어서며 바랑을 메었다. 그들은 발로다 불을 비벼 끄고는 거기를 떠났다. 산에 골을 엇비슷이 돌아 오르는 샛길이 놓였다. 좌우로는 솔, 잣, 밤, 단풍, 이런 나무들이 울창하게 꽉 들어박혔다. 그 밑으로는 자갈, 아니면 불퉁바위(표면이 울퉁불퉁하게 생긴 바위)는 예제없이 마냥 뒹굴었다. 한갓 시커먼 그 암흑 속을 그들은 더듬고 기어오른다. 풀숲의 이슬로 말미암아 고의는 축축이 젖었다. 다리를 옮겨 놓을 적마다 철썩철썩 살에 붙으며 찬 기운이 쭉 끼친다. 그리고 모진 바람은 뻔질 불어 내린다. '붕' 하고 능글차게 낙엽이 불어 내리다는 '뺑' 하고 매몰차게 기를 복쓴다.

꽁보는 더펄이 뒤를 따라 오르며 달달 떨었다. 이게 지랄인지 난장인지. 세상에 짜장 못 해 먹을 건 금점 빼고 다시 없으리라.

금이 다 무엇인지, 요 짓을 꼭 해야 한담. 게다 건뜻하면 서로 두들겨 죽이는 것이 일. 참말이지 금장이치고 순한 놈을 못 봤다. 몸이 결릴 적마다 지겹던 과거를 연상하며 그는 다시금 몸에 소름이 돋았다. 그러자 맞은편 산 수풀에서 큰 불이 얼른하였다. '호랑이!' 이렇게 놀라고 더펄이 허리에 가 덥석 달리며,

"저게 뭐유?"

하고 다르르 떨었다.

"뭐?"

"저거, 아니 지금은 없어졌네."

"그게 눈이 어려서 헷거지 뭐야."

더펄이는 씸씸이 대답하고 천연스레 올라간다. 다구진 그 태도에 좀 안심이 되는 듯싶으나 그래도 썩 편치는 못하였다. 왜 이리 오늘은 대고 겁만 드는지 까닭을 모르겠다. 몸은 배시근하고 열로 인하여 입이 바짝바짝 탄다. 이것이 웬만하면 그럴 리 없으련마는,

"자네 안 되겠네, 내 등에 업히게!"

하고 더펄이가 등을 내대일 제, 그는 잠자코 바랑 위로 넙죽 업혔다. 그래도 끽소리 없이 덜렁덜렁 올라가는 더펄이를 굽어보며 실팍한 그 몸이 여간 부러운 것이 아니었다.

불볕 내리는 복중처럼 씨근거리며 이마에 땀이 쫙 흘렀을 그

때에야 비로소 더펄이는 산마루턱까지 이르렀다. 꽁보를 내려 놓고 땀을 씻으며 후, 하고 숨을 돌린다. 인제 얼마 안 남았겠지. 조금 내려가면 요 아래 있을 것이다.

그들이 이 마을에 들른 것은 바로 오늘 점심때이다. 지나서 그냥 가려 하다가 뜻하지 않은 주막 주인 말에 귀가 번쩍 띄었던 것이다. 저 산 너머 금점이 있는데 금이 푹푹 쏟아지는 화수분이라고. 요즘에는 화약 허가를 내 가지고 완전히 일을 하고자 하여 부득이 잠시 휴광중이고, 머지않아 다시 시작할 게다. 그리고 금 도둑을 맞을까 하여 밤낮 구별 없이 감시하는 중이라 하는 것이다.

그러나 이 밤중에 누가 자지 않고, 설마 하고 더펄이는 덜렁덜렁 내려간다. 꽁보는 그 꽁무니를 쿡쿡 찔렀다. 그래도 사람의 일이니 물론 모른다. 좌우 곁으로 살펴보며 살금살금 사리어 내려온다.

그들은 오 분쯤 내리었다. 딴은 커다란 구덩이 하나가 딱 내달았다. 산중턱에 짚더미 같은 바위가 놓였고, 그 옆으로 또 하나가 놓여 가닥이 졌다. 그 가운데다 삐듬한 돌 장벽을 끼고 구멍을 뚫은 것이다. 가루지(가로)는 한 발 좀 못 되고 길벅지(길이)는 약 서 발가량. 성냥을 그어 대 보니 깊이는 네 길이 넘겠다. 함부로 쪼아 먹은 구뎅이라 꺼칠한 놈이 군 버력도 똑똑히 못 치웠다. 잠채를 염려하여 그랬으리라. 사다리는 모조리 떼 가고 밍숭밍숭한 돌벽이 있을 뿐이다.

그들은 다시 한 번 사방을 둘레둘레 돌아보았다. 지척을 분간키 어려우나 필경 사람은 없을 것이다. 마음을 놓고 바랑에서 관솔을 꺼내어 불을 대렸다. 더펄이가 먼저 장벽에 엎디어 뒤로 기어 내린다. 꽁보는 불을 들고 조심성 있게 참참이 내려온다. 한 길쯤 남았을 때 그만 발이 찍 하고 더펄이는 떨어졌다. 꿍 하고 무던히 골탕은 먹었으나 그대로 쓱싹 일어섰다. 동이 트기 전에 얼른 금을 따야 될 것이다.

"여보게 아우, 나는 어딜 따랴나?"

"글쎄유……, 가만히 기슈."

아우는 불을 들이대고 줄맥을 한 번 쭉 훑었다.

금점 일에는 난다 긴다 하는 아달맹이(안성맞춤. 야무지고 대바르며 똑똑한 사람) 금쟁이였다. 썩 보더니 복판에는 동이 먹어 들어가고 양편 가생이로 차차 줄이 생하는 것을 알았다.

"성님은 저편 구석을 따우."

아우는 이렇게 지시하고 저는 이쪽 구석으로 왔다. 그러나 차마 그 틈바귀로 들어갈 생각이 안 난다. 한 길이나 실히 되도록 쌓아 올린 동발이 금방 넘어올 듯이 위험했다. 밑에는 좀 잔돌로 쌓으나 그 위에는 제법 굵직굵직한 놈들이 얹혔다. 이것이 무너지면 깩소리도 못 하고 치여 죽는다.

꽁보는 한참 생각했으되 별 수 없다. 낯을 찌푸려 가며 바랑에서 망치와 타래징을 꺼내 들었다. 그런데 어떻게 파먹은 놈이 게 옴폭이 들어간 것이 일커녕 몸 하나 놓을 데가 없다. 마지못해 두 다리를 동발께로 쭉 뻗고 몸을 그 홈패기에 착 엎디어 망치질을 하기 시작하였다.

돌에 뚫린 석혈 구뎅이라 공기는 더욱 퀭하였다. 징 때리는 소리만 양쪽 벽에 무겁게 부딪친다.

"팡! 팡!"

이렇게 몹시 귀를 울린다.

거반 한 시간이 넘었다. 그들은 버력 같은 만감(잡돌에 가까운 광석) 이외에 아무것도 얻지 못했다. 다시 오 분이 지난다. 십 분이 지난다. 딱 그때다.

꽁보는 땀을 철철 흘리며 좁다란 그 틈에서 감 하나를 손에 따 들었다. 헐없이 작은 목침 같은 그런 돌팍을. 엎드린 그채 불빛에 비치어 가만히 뒤져 보았다. 번들번들한 놈이 그 광채가 되우 혼란스럽다. 혹시 연철이나 아닐까. 그는 돌 위에 눕혀 놓고 망치로 두드리며 깨 보았다. 좀체 하여서는 쪽이 잘 안 나갈 만치 쭌둑쭌둑한 금돌! 그는 다시 집어 들고 눈앞으로 바싹 가져오며 실눈을 떴다. 얼마를 뚫어지게 노려보았다. 무작정으로 가슴은 뚝딱거리고 마냥 들렌다. 이 돌에 박힌 금만으로도, 모름 몰라도 하치 열 냥쯤은 넘겠지.

"천 원! 천 원!"

"그건 뭐야?"

더펄이는 이렇게 허둥지둥 달겨 들었다.

"노다지!"

하고, 풀 죽은 대답.

"으으응, 노다지?"

하기 무섭게 더펄이는 우뻑지뻑(무리하고 급하게 덤비는 모양) 그 돌을 받아 들고 눈에 들이댄다. 척척 휠 만치 들어박힌 금, 우리도 이젠 팔자를 고치누나! 그는 껍쩍껍쩍 엉덩춤이 절로 난다.

"이리 나오게, 내 땀세."

그는 아우의 몸을 번쩍 들어 내놓고 제가 대신 들어간다. 역시 동발께로 다리를 쭉 뻗고는 그 틈바귀에 덥석 엎디었다.

몸이 워낙 커서 좀 둥개이나 아무렇게도 아우보다 힘이 낫겠지. 그 좁은 틈에 타래징을 꽂아 박고, '식식식!' 하고 망치로 때린다.

꽁보는 그 앞에 서서 시무룩하니 흥이 지었다. 금점 일로 할지면 제가 선생님이요, 형은 제 지휘를 받아 왔던 것이다. 뭘 안다고 풋둥이가 어줍대는가, 돌쪽 하나 변변히 못 떼 낼 것이……. 그는 형의 태도가 심상치 않음을 얼핏 알았다. 금을 보더니 완연히 변한다.

"저 곡괭이 좀 집어 주게."

형은 고개도 아니 들고 소리를 빽 지른다. 아우는 잠자코 대꾸도 아니한다. 사람을 너무 얕보는 그 꼴이 썩 아니꼬웠다.

"이 사람아, 곡괭이 좀 얼른 집어 줘. 왜 저리 정신없이 섰나."

그리고 눈을 딱 부릅뜨고 쳐다본다. 아우는 암말 않고 저편 구석에 놓인 곡괭이를 집어다 주었다. 그리고 우두커니 다시 섰다. 형이 무람없이 굴면 굴수록 그것은 반드시 시위에 가까웠다. 힘이 좀 있다고 주제넘게 꺼떡이는 그 화상이야 눈허리가 시면 시었지 그냥은 못 볼 것이다.

"또 땄네, 내 기운이 어떤가?"

형은 이렇게 주적거리며 곡괭이를 연상 내리찍는다. 마치 죽통에 덤벼드는 돼지 모양이다. 억척스럽게도 손뼘만 한 감을 두 쪽이나 따 냈다. 인제는 약이 아니면 세상없어도 더는 못 딸 것이다.

"엑! 엑! 엑!"

그래도 억센 주먹에 굳은 동이 다 벌컥벌컥 나간다.

제 힘을 되우 자랑하는 형을 이윽히 바라보니 또한 그 속이 보인다. 필연코 이 노다지를 혼자 먹으려고 하는 것이다. 하면 내가 있는 것을 몹시 꺼리겠지 하고 속을 태운다.

"이것 봐, 자네 같은 건 골백 와야 소용없네."

하고 또 뽐낼 제 가슴이 선뜩하였다.

앞서는 형의 손에 목숨을 구해 받았으나 이번에는 같은 산골에서 그 주먹에 명을 도로 끊을지도 모른다. 그는 형의 주먹을 가만히 내려보다가 가엾이도 앙상한 제 주먹에 대조하여 보지 않을 수 없다. 그러나 다만 속이 바르르 떨릴 뿐이다.

그러나 꽁보는 기겁을 하여 놀라며 뒤로 물러섰다. 어이쿠 하고 불시의 비명과 아울러 와르르 하였다. 쌓아 올린 동발이 어찌하다 중턱이 헐리었다. 모진 돌들은 더펄이의 장딴지며, 넓적다리, 엉덩이까지 그대로 엎눌렀다. 살은 물론 으스러졌으리라.

그는 엎으러진 채 꼼짝 못하고 아픔에 못 이기어 끙끙거린다. 하나 죽질 않기만 요행이다. 바로 그 위의 공중에는 징그럽게 커다란 돌들이 내려구르자 그 밑을 받친 불과 조그만 조각돌에 걸리어 미처 못 굴러 내리고 간댕거리는 것이었다. 이 돌만 내려치면 그 밑의 그는 목숨은 고사하고 윽살(몹시 짓눌려 짜부라짐)이 될 것이다.

"여보게, 내 몸 좀 빼 주게."

형은 몸은 못 쓰고 죽어 가는 목소리로 애원한다. 그리고 또,

"아우, 나 죽네, 응?"

하고 더욱 애를 끊으며 빌붙는다. 고개만 겨우 들었을 따름 그 외에는 손조차 자유를 잃은 모양 같다.

아우는 무너지려는 동발을 쳐다보며 얼른 그 머리맡으로 다가선다. 발 앞에 놓인 노다지 세 쪽을 날쌔게 손에 잡자 도로 얼른 물러섰다. 그리고 눈물이 흐른 형의 얼굴은 돌아도 안 보고 그 발로 허둥지둥 장벽을 기어오른다.

"이놈아!"

너머 기가 올라 벼락같이 악을 쓰는 호통이 들리었다. 또 연하여 우지끈 뚝딱, 하는 무서운 폭성이 들리었다. 그것은 거의 거의 동시의 일이었다. 그러고는 좀 와스스 하다가 잠잠하였다.

그때는 벌써 두 길이나 너머 아우는 기어올랐다. 굿문까지 다 나왔을 제 그는 머리만 내밀어 사방을 두릿거리다 그림자까지 사라진다.

더펄이의 형체는 보이지 않는다. 침침한 어둠 속에 단지 굵은 돌멩이만이 짝 흩어졌다. 이쪽 마구리의 타다 남은 화롯불은 바야흐로 질듯질듯 껌벅거린다. 그리고 된바람이 애, 하고는 굿문께서 모래를 쫘륵쫘륵 들이뿜는다.

만무방

 산골에 가을은 무르녹았다. 아람드리 노송은 빽빽이 늘어박혔다. 무거운 송낙(소나무 겨우살이)을 머리에 쓰고 건들건들. 새새이 끼인 도토리, 벚, 돌배, 갈잎들은 울긋불긋. 잔디를 적시며 맑은 샘이 쫄쫄거린다. 산토끼 두 놈은 한가로이 마주 앉아 그물을 할짝거리고, 이따금 정신이 나는 듯 가랑잎은 부수수하고 떨린다. 산산한 산들바람. 귀여운 들국화는 그 품에 새뜩새뜩 넘논다. 흙내와 함께 향긋한 땅김이 코를 찌른다. 요놈은 싸리버섯, 요놈은 잎 썩은 내, 또 요놈은 송이 아니, 가시넝쿨 속에 숨은 박하풀 냄새로군.

 응칠이는 뒷짐을 딱 지고 어정어정 노닌다. 유유히 다리를 옮겨 놓으며 이 나무 저 나무 사이로 호아든다(이리저리 돌아서 온다). 코는 공중에서 벌렸다 오므렸다, 연신 이러며 훅, 훅 굽웃한 송목 밑에 이르자 그는 발을 멈춘다. 이번에는 지면에 코를 얕이 갖다 대이고 한 바퀴 비잉, 나물 끼고 돌았다.

'아, 하, 요놈이로군!'

썩은 솔잎에 덮여 흙이 봉긋이 돋아 올랐다.

그는 손가락을 꾸짖으며 정성스리 살살 헤쳐 본다. 과연 귀여운 송이. 망할 녀석, 조금만 더 나오지. 그걸 뚝 따들곤 뒷짐을 지고 다시 어실렁어실렁. 가끔 선하품은 터진다. 그럴 적마다 두 팔을 떡 벌리곤 먼 하늘을 바라보고 늘어지게도 기지개를 늘인다.

때는 한창 바쁠 추수 때이다. 농군치고 송이파적(송이를 캐는 일) 나올 놈은 생겨나도 않았으리라. 허나 그는 꼭 해야만 할 일이 있었다 싶으면 하고 말면 말고 그저 그뿐. 그러함에는 먹을 것이 더럭 있느냐면 있기는커녕 부쳐 먹을 농토조차 없는, 계집도 없고, 집도 없고, 자식 없고, 방은 있대야 남의 곁방이요, 잠은 새우잠이요, 하지만 오늘 아침만 해도 한 친구가 찾아와 벼를 털 텐데 일 좀 와 해 달라는 걸 마다하였다.

몇 푼 바람에 그까짓 걸 누가 하느냐보다는 송이가 좋았다. 왜냐면 이 땅 삼천리강산에 늘여 놓인 곡식이 말짱 뉘 것이람.

먼저 먹는 놈이 임자 아니냐. 먹다 걸릴 만치 그토록 양식을 쌓아 두고 일이 다 무슨 난장 맞을 일이람. 걸리지 않도록 먹을 궁리나 할 게지. 하기는 그도 한 세 번이나 걸려서 구메밥으로 사관을 틀었다마는 결국 제 밥상 위에 올라앉은 제 몫도 자칫하면 먹다 걸리긴 매일반……

올라갈수록 덤불은 우거졌다. 머루며 다래, 츩, 게다 이름 모를 잡초. 이것들이 위아래로 이리저리 서리어 좀체 길을 내지 않는다. 그는 잔디 길로만 돌았다. 넓적다리가 번죽이는 찢어진 고의자락을 아끼며 조심조심 사려 딛는다. 손에는 츩으로 엮어 들은 일곱 개 송이. 늙은 소나무마다 가선 두리번거린다. 사냥개 모양으로 코로 쿡, 쿡, 내를 한다.

이것도 송이 같고 저것도 송이 같고, 어떤 게 알짜 송이인지 분간을 모른다. 토끼 똥이 소보록한데 갈잎이 한 잎 뚝 떨어졌다. 그 잎을 살며시 들어 보니 송이 대구리(대가리)가 불쑥 올라왔다. 매우 큰 송이인 듯. 그는 반색하여 그 앞에 무릎을 털썩 꿇었다. 그리고 그 위에 두 손을 내들며 열 손가락을 다 펴 들었다. 가만가만히 살살 흙을 헤쳐 본다. 주먹만 한 송이가 나타난다. 얘 이놈 크구나. 손바닥 위에 따 올려놓고는 한참 들여다보며 싱글벙글한다.

오중중한 구석으로 바위는 벽같이 깎아질렀다. 그 중턱을 얽어 나간 칡 잎에서는 물이 쪼록쪼록, 흘러내린다. 인삼이 썩어내리는 약수라 한다. 그는 돌 위에 걸터앉으며 또 한 번 하품을 하였다. 간밤 쓸데없는 노름에 밤을 팬 것이 몹시 나른하였다. 따사로운 햇발이 숲을 새어 든다. 다람쥐가 솔방울을 떨어치며, 어여쁜 할미새는 앞에서 알씬거리고, 동리에서는 타작을 하노라고 와글거린다. 흥겨워 외치는 목성, 그걸 억누르고 공중에 웅, 웅 진동하는 벼 터는 기계 소리, 맞은쪽 산속에서 어린 목동들의 노래는 처량히 울려온다. 산속에 묻힌 마을의 전경을 멀리 바라보다가 그는 눈을 찌긋하며 다시 한 번 하품을 뽑는다.

이 웬놈의 하품일까. 생각해 보니 어제저녁부터 여지껏 창주가 곱립든 것이다. 불현듯 송이 꾸럼(꾸러미)에서 그중 크고 먹음직한 놈을 하나 뽑아 들었다.

응칠이는 그 송이를 물에 써억써억 부벼서는 떡 벌어진 대구리부터 걸삼스리 덥석 물어 뗴었다. 그리고 넓죽한 입이 움질움질 씹는다. 혀가 녹을 듯이 만질만질하고 향기로운 그 맛. 이렇게 훌륭한 놈을 입맛만 다시고 못 먹다니. 문득 추억이 혀끝에 뱅뱅 돈다. 이놈을 맛보는 것도 참 근자의 일이다. 감물생심이지, 어디 냄새나 똑똑히 맡아 보리.

산속으로 쏘다니다 백판 못 따기도 하려니와 더러 딴다는 놈은 행여 상할까 봐 손도 못 대게 하고 집에 내려다 묻고 묻고 하는 것이다. 그러나 요행히 한 꾸럼이 차면 금시로 장에 가져다 판다. 이틀 사흘씩 공때린 거로되 잘하면 사십 전, 못 받으면 이십오 전. 저녁거리를 기다리는 아내를 생각하며 좁쌀 서너 되를 손에 사 들고 어두운 고개치를 터덜터덜 올라오는 건 좋으나 이 신세를 뭐에 쓰나, 하고 보면 을프냥궂기(을씨년스럽기)가 짝이 없겠고……. 이까짓 걸 못 먹어 그래 홧김에 또 한 놈을 뽑아 들고 이번엔 물에 흙도 씻을 새 없이 그대로 텁석거린다. 그러나 다른 놈들도 별수 없으렷다. 이 산골이 송이의 본고향이로되 아마 일 년에 한 개조차 먹는 놈이 드물리라.

'……흠, 썩어진 두상들!'

그는 폭넓은 얼굴을 일그리며 남이나 들으란 듯이 이렇게 비웃는다. 썩었다 함은 데생겼다(못생겼다) 모멸하는 그의 언투이었다. 먹다 남아지 송이 꽁댕이를 바로 자랑스러이 입에다 치트리곤 트림을 섞어 가며 우물거린다.

송이 두 개가 들어가니 인제는 더 먹을 재미가 없다. 뭔가 좀 든든한 걸 먹었으면 좋겠는데. 떡, 국수, 말고기, 개고기, 돼지고기, 그렇지 않으면 쇠고기나. 아따 궁한 판이니 아무거나 있으면 속중으로 여러 가질 먹으며 시름없이 앉았다. 그는 눈꼴이 슬그머니 돌아간다. 웬놈의 닭인지 암탉 한 마리가 조 아래 무덤 앞에서 뺑뺑 맨다. 골골거리며 감도는 걸 보매 아마 알자리를 보는 맥이라. 그는 돌에서 궁뎅이를 들었다. 낮은 하늘로 외면하여 못 본 척하고 닭을 향하여 저켠으로 넓직이 돌아내린다. 그러나 무덤까지 왔을 때 몸을 돌리며,

"후, 후, 후, 이 자식이 어델 가 후우!"

두 팔을 벌리고 쫓아간다. 산꼭대기로 치모니 닭은 하둥지둥 갈 길을 모른다. 요리 매낀 조리 매낀, 꼬꼬댁거리며 속만 태울 뿐. 그러나 바위틈에 끼여 왁살스러운 그 주먹에 모가지가 둘로 나기에는 불과 몇 분 못 걸렸다.

그는 으슥한 숲 속으로 찾아들었다. 닭의 껍질을 홀랑 까고서 두 다리를 들고 찢으니 배창이 옆구리로 꾀진다. 그놈을 긁어 뽑아서 껍질과 한데 뭉치어 흙에 묻어 버린다.

고기가 생기고 보니 연하여 나느니 막걸리 생각, 이걸 부글부글 끓여 놓고 한 사발 떡 켰으면 똑 좋을 텐데, 제기. 응칠이의 고기는 어디 떨어졌는지 술집까지 못 가는 고기였다. 아무려나 고기 먹고 술 먹고 거꾸론 못 먹느냐. 그는 닭의 가슴패기를 입에 들이대고 쭉쭉 찢어 가며 먹기 시작한다. 쭐깃쭐깃한 놈이 제법 맛이 들었다. 가슴을 먹고 넓적다리, 볼기짝을 먹고, 거반 반쪽을 다 해내고 나니 어쩐지 맛이 좀 적었다. 결국 음식이란 양념을 해야 하는군. 수풀 속으로 그냥 내던지고 그는 설렁설렁 내려온다. 솔숲을 빠져 화전께로 내리고자 할 제 별안간 등 뒤

에서,

"여보게, 거 응칠이 아닌가?"

고개를 돌려보니 대장간하는 성팔이가 작달막한 체수에 들갑작거리며 고개를 넘어온다. 그런데 무슨 긴한 일이나 있는지 부리나케 달려들더니,

"자네 응고개 논의 벼 없어진 거 아나?"

응칠이는 고만 가슴이 덜컥 내려앉았다.

이 바쁜 때 농군의 몸으로 응고개까지 애를 써 갈 놈도 없으려니와 또한 하필 절 보고 벼의 없어짐을 말하는 것이 여간 심상치 않은 일이었다.

잡담 제하고 응칠이는,

"자넨 어째서 응고개까지 갔든가?"

하고 대담스레 그 눈을 쏘아보았다. 그러나 성팔이는 조금도 겁먹은 기색 없이,

"아, 어쩌다 지냈지 뭘 그래."

하며 도리어 얼레발(남의 환심을 사기 위해 어벌쩡하게 서두르는 짓)을 치고 덤비는 수작이다. 고연 놈, 응칠이는 입때 다녀야 동무를 팔아 배를 채우는 그런 비열한 짓은 안 한다. 낯을 붉히자 눈에 불이 보이며,

"어쩌다 지냈다?"

응칠이가 이 동리에 들어온 것은 어느덧 달이 넘었다. 인제는 물릴 때도 되었고, 좀 떠 보고자 생각은 간절하나 아우의 일로 말미암아 망설거리는 중이었다.

그는 오라는 데도 없어도 갈 데는 많았다. 산으로 들로 해변으로 발부리 놓이는 곳이 즉 가는 곳이었다.

그러다 저물면은 그대로 쓰러진다. 남의 방앗간이고 헛간이고 혹은 강가, 시새장(모래밭). 물론 수가 좋으면 괴때기(짚북더미) 위에서 밤을 편히 잘 적도 있었다. 이렇게 하여 강원도 어수룩한 산골로 이리 넘고 저리 넘고 못 간 데 별로 없이 유람 겸 편답(遍踏, 이곳저곳 두루 돌아다님)하였다.

그는 한구석에 머물러 있음은 가슴이 답답할 만치 되우 괴로웠다. 그렇다고 응칠이가 본래부터 역마직성(驛馬直星, 늘 분주하게 이리저리 떠돌아 다니는 사람)이냐 하면 그런 것도 아니다. 그도 오 년 전에는 사랑하는 아내가 있었고, 아들이 있었고, 집도 있었고 그때야 어딜 하루라도 집을 떨어져 보았으랴. 밤마다 아내와 마주앉으면 어찌하면 이 살림이 좀 늘어 볼까 불어 볼까 애간장을 태우며 갖은 궁리를 되하고 되하였다마는 별 뾰족한 수는 없었다. 농사는 열심으로 하는 것 같은데 알고 보면 남는 건 겨우 남의 빚뿐. 이러다가는 결말엔 봉변을 면치 못할 것이다. 하루는 밤이 깊어서 코를 골며 자는 아내를 깨웠다. 밖에 나아가 우리의 세간이 몇 개나 되는지 세어 보라 하였다. 그리고 저는 벼루에 먹을 갈아 붓에 찍어 들었다. 벽을 바른 신문지는 누렇게 꺼럿다(절었다). 그 위에다 아내가 불러 주는 물목대로 일일이 내려 적었다. 독이 세 개, 호미가 둘, 낫이 하나로부터 밥사발, 젓가락, 짚이 석 단까지 그 다음에는 제가 빚을 얻어 온 데, 그 사람들의 이름을 쭉 적어 놓았다. 금액은 제각기 그 아래다 달아 놓고, 그 옆으론 조금 사이를 떼어 역시 조선문(한글)으로 나의 소유는 이것밖에 없노라, 나는 오십사 원을 갚을 길이 없으매 죄진 몸이라 도망하니 그대들은 아예 싸울 게 아니겠고 서로 의논하여 억울치 않도록 분배하여 가기 바라노라 하는 의미의 성명서를 벽에 남기자 안으로 문들을 걸어 닫고 울타리 밑 구멍으로 세 식구 빠져나왔다.

  이것이 응칠이가 팔자를 고치던 첫날이었다.

  그들 부부는 돌아다니며 밥을 빌었다. 아내가 빌어다 남편에게, 남편이 빌어다 아내에게. 그러자 어느 날 밤 아내의 얼굴이 썩 슬픈 빛이었다. 눈보라는 살을 에인다. 다 쓰러져 가는 물방앗간 한구석에서 섬을 두르고 어린애에게 젖을 먹이며 떨고 있더니 여보게유, 하고 고개를 돌린다. 왜, 하니까 그 말이 이러다간 우리도 고생일 뿐더러 첫째 언내를 잡겠수, 그러니 서루 갈립시다, 하는 것이다. 하긴 그럴 법한 말이다. 쥐뿔도 없는 것들이 붙어 다닌댔자 별수 없다. 그보담은 서로 갈리어 제 맘대로 빌어먹는 것이 오히려 가뜬하리라.

그는 선뜻 응낙하였다. 아내의 말대로 개가를 해 가서 젖먹이나 잘 키우고 몸성히 있으면 혹 연분이 닿아 다시 만날지도 모르니깐 마지막으로 아내와 같이 땅바닥에 나란히 누워 하룻밤을 새고 나서 날이 훤해지자 그는 툭툭 털고 일어섰다.

매팔자(놀고먹는 팔자)란 응칠이의 팔자이겠다.

그는 버젓이 게트림으로 길을 걸어야 걸릴 것은 하나도 없다. 논 맬 걱정도, 호포 바칠 걱정도, 빚 갚을 걱정, 아내 걱정, 또는 굶을 걱정도. 호동그라니(홀가분하게) 털고 나서니 팔자 중에는 아주 상팔자. 먹고만 싶으면 도야지구, 닭이구, 개구, 언제나 옆을 떠날 새 없겠지, 그리고 돈, 돈도…….

그러나 주재소는 그를 노려보았다. 툭하면 오라, 가라 하는데 학질이었다. 어느 동리고 가 있다가 불행히 일만 나면 누구보다도 그부터 붙들려 간다. 왜냐면 그는 전과 사 범이었다. 처음에는 도박으로, 다음엔 절도로, 또 고담에도 절도로, 절도로…….

그러나 이번 멀리 아우를 방문함은 생활이 궁하여 근대러(귀찮게 굴러) 왔다거나 혹은 일을 해 보러 온 것은 결코 아니었다. 혈족이라곤 단 하나의 동생이요, 또한 오래 못 본 지라 때없이 그리웠다. 그래 모처럼 찾아온 것이 뜻밖에 덜컥 일을 만났다.

지금까지 논의 벼가 서 있다면 그것은 성한 사람의 짓이라 안 할 것이다.

응오는 응고개 논의 벼를 여태 베지 않았다. 물론 응오가 베어야 할 것이다. 누가 듣던지 그 형 응칠이를 먼저 의심하리라. 그럼 여기에 따르는 모든 책임을 응칠이가 혼자 지지 않으면 안 될 것이다.

응오는 진실한 농군이었다. 나이 서른하나로 무던히 철났다 하고 동리에서 쳐주는 모범 청년이었다. 그런데 벼를 베지 않는다. 남은 다들 거둬들였고 털기까지 하련만 그는 벨 생각조차 않는 것이다.

지주라든 혹은 그에게 장리를 놓은 김 참판이든 뻔찔(자주) 찾아와 벼를 베라 독촉하였다.

"얼른 털어서 낼 건 내야지."

하면 그 대답은,

"계집이 다 죽게 됐는데 벼는 다 뭐지유우."

하고 한결같이 내뱉는 소리뿐이었다.

하기는 응오의 아내가 지금 기지사경(幾至死境)이매 틈은 없었다 하더라도 돈이 놀아서 약을 못 쓰는 이판이니 진시(진작) 벼라도 털어야 할 것이다.

그러면 왜 안 털었던가…….

그것은 작년 응오와 같이 지주 문전에서 타작을 하던 친구라면 묻지는 않으리라. 한 해 동안 애를 졸이며 홋자식(홑자식, 하나뿐인 자식) 모양으로 알뜰히 가꾸던 그 벼를 거둬들임은 기쁨에 틀림없었다.

꼭두새벽부터 엣, 엣 하며 괴로움을 모른다. 그러나 캄캄하도록 털고 나서 지주에게 도지(논밭을 빌려 쓰고 내는 돈)를 제하고, 장리쌀(꾸어다 먹은 쌀의 절반을 이자로 내는 쌀)을 제하고, 색조(조세로 내거나 꾸어다 먹고 이자로 덧붙여 내는 곡식)를 제하고 보니 남는 것은 등줄기를 흐르는 식은땀이 있을 따름. 그것은 슬프다 하기보다 끝없이 부끄러웠다. 같이 털어 주던 동무들이 뻔히 보고 섰는데 빈 지게로 덜렁거리며 집으로 돌아오는 건 진정 열쩍기 짝이 없는 노릇이었다. 참다 참다 못해 응오는 눈물이 흘렀던 것이다.

가뜩한데 엎치고 덮치더라고 올해는 고나마 흉작이었다. 샛바람과 비에 벼는 깨깨 배틀렸다. 이놈을 가을하다간(가을걷이를 하다간) 먹을 게 남지 않음은 물론이요 빚도 다 못 가릴 모양. 에라, 빌어먹을 거 너들끼리 캐다 먹든 말든 마음대로 하여라, 하고 내던져 두지 않을 수 없다. 벼를 거뒀다고 말만 나면 빚쟁이들은 우우 몰려들 거니깐…….

응칠이의 죄목은 여기에서도 또렷이 드러난다. 구구루(제 생

긴 대로) 가만만 있었으면 좋을 걸 이 사품에 뛰어들어 지주의 뺨을 제법 갈긴 것이 응칠이었다.

처음에야 그럴 작정이 아니었다. 그는 여러 곳 물을 마신 만치 어지간히 속이 트인 건달이었다. 지주를 만나 까놓고 썩 좋은 소리로 의논하였다. 올 농사는 반실이니 도지도 좀 감해 주는 게 어떠냐고. 그러나 지주는 암말 없이 고개를 모로 흔들었다. 정 이러면 하여튼 일 년 품은 빼야 할 테니 나는 그 논에다 불을 지르겠수, 하여도 잠자코 응치 않는다. 지주로 보면 자기로도 그 벼는 넉넉히 거둬들일 수는 있다마는, 한 번 버릇을 잘못해 놓으면 여느 작인까지 행실을 버릴까 염려하여 겉으로 독촉만 하고 있는 터이었다. 실상이야 고까진 벼쯤 있어도 고만 없어도 고만. 그 심보를 눈치채고 응칠이는 화를 벌컥 낸 것만은 좋으나 저도 모르게 대뜸 주먹뺨이 들어갔던 것이다.

이렇게 문제 중에 있는 벼인데 귀신의 노름 같은 변괴가 생겼다. 다시 말하면 벼가 없어졌다. 그것도 병들어 쓰러진 쭉정이는 제쳐놓고 무얼로 그랬는지 말짱 이삭만 따 갔다. 그 면적으로 어림하면 아마 못 돼도 한 댓 말가량은 될는지…….

응칠이가 아침 일찍이 그 논께로 노닐자 이걸 발견하고 기가 막혔다. 누굴 성가시게 굴려고 그러는지, 산속에 파묻힌 논이라 아직은 본 사람이 없는 모양 같다. 허나 동리에 이 소문이 퍼지

기만 하면 저는 어느 모로든 혐의를 받아 폐는 좋이 입어야 될 것이다.

응칠이는 송이도 송이려니와 실상은 궁리에 바빴다. 속중으로 지목 갈 만한 놈을 여럿 들어 보았으나 이렇다 짚을 만한 증거가 없다. 어쩌면 재성이나 성팔이 이 둘 중의 짓이리라, 하고 결국 이렇게 생각든 것도 응칠이가 아니면 안 될 것이다.

원수는 외나무다리에서 만났다.

응칠이는 저의 짐작이 들어맞음을 알고 당장에 일을 낼 듯이 성팔이의 눈을 드리 노렸다.

성팔이는 신이 나서 떠들다가 그 눈총에 어이가 질리어 고만 벙벙하였다. 그리고 얼굴이 핼쑥하여 마주 대고 쳐다보더니,

"그래 자네 왜 그케 노하나. 지내다 보니깐 그렇길래 일테면 자네보구 얘기지 뭐……."

하고 뒷갈망을 못하여 우물쭈물한다.

"노하긴 누가 노해!"

응칠이는 뼈팅겼던 몸에 좀 더 힘을 올리며,

"응고개를 어째 갔더냐 말이지."

"놀러 갔다 오는 길인데 우연히……."

"놀러 갔다, 거기가 노는 덴가?"

"글쎄, 그렇게까지 물을 게 뭔가. 난 응고개 아니라 서울은 못

갈 사람인가."

하다가 성팔이는 속이 타는지 코로 흐응, 하고 날숨을 크게 뿜는다.

이렇게 나오는 데는 더 물을 필요가 없었다. 성팔이란 놈도 여간내기가 아니요, 구장네 솥인가 뭔가 떼어다 먹고 한 번 다녀온 놈이었다. 많이 사귀지는 못했으나 동리 평판이 그놈과 같이 다니다가는 엉뚱한 일 만난다 한다. 이번에 응칠이 저 역 그 섭수에 걸렸음을 알고,

"그야 응고개라고 못 갈 리 없을 테……."

하고 한 번 엇먹다(사리에 맞지 않는 말과 행동으로 비꼬다)가, 그러나

"자네두 알다시피 거 어디야, 거기 바로 길이 있다든지 사람 사는 동리라면 혹 모른다 하지마는 성한 사람이야 응고개엘 뭘 먹으러 가나, 그렇지 자네야 심심하니까?"

하고 앞을 꽉 눌러 등을 떠본다.

여기에는 대답 없고 성팔이는 덤덤히 쳐다만 본다. 무엇을 생각했는가 한참 있더니 호주머니에서 단풍갑을 꺼낸다. 우선 제가 한 개를 물고 또 하나를 뽑아 내대며,

"궐련 하나 피게."

매우 듬직한 낯을 해 보인다.

이놈이 이에 밝기가 몹시 밝은 성팔이다. 턱없이 궐련 하나라도 선심을 쓸 궐자가 아니리라, 생각은 하였으나 그렇다고 예까지 부르대는 건 도리어 저의 처지가 불리하다. 그것은 짜장 그 손에 넘는 짓이니,

"아 웬 궐련은 이래……."
하고 슬쩍 눙치며,

"성냥 있겠나?"
　일부러 불까지 거대게(그어 대게) 하였다.

　응칠이에게 액을 떠넘기어 이용하려는 고 야심을 생각하면 곧 달려들어 다리를 꺾어 놔야 옳을 것이다. 그러나 이 마당에 떠들어 대고 보면 저는 드르누워 침 뱉기, 결국 도적은 뒤로 잡지 앞에서 어르는 법이 아니다. 동리에 소문이 퍼질 것만 두려워하며,

"여보게 자네가 했건 내가 했건 간."
하고 괜히 정답게 그 등을 툭 치고 나서,

"우리 둘만 알고 동리에 말은 내지 말게."
하다가, 성팔이가 이 말에 되우 놀라며 눈을 말똥말똥 뜨니,

"그까진 벼쯤 먹으면 어떤가……."
하고 껄껄 웃어 버린다.

　성팔이는 한굽 접히어 말문이 메었는지 얼뚤하여(뜻밖의 일을

당하거나 일이 복잡하여 정신을 차리지 못하여) 입맛만 다신다.

"아예 말은 내지 말게, 응 알지……."

하고 다시 다질 때에야 겨우 주저주저 입을 열어,

"내야 무슨 말을 내겠나."

하고 조금 사이를 떼어 놓고,

"내야 무슨 말을……. 그건 염려 말게."

하더니 비실비실 몸을 돌리어 저 갈 길을 내걷는다. 그러나 저 앞고개까지 가는 동안에 두 번이나 돌아다보며 이쪽을 살피고 살피고 하는 것만은 사실이었다.

응칠이는 그 꼴을 이윽히 바라보고 입안으로 '죽일 놈' 하였다. 아무리 도적이라도 같은 동료에게 제 죄를 넘겨 씌우려 함은 도저히 의리가 아니다.

그건 그렇다 치고 응오가 더 딱하지 않은가. 기껏 힘들여 지어 놓았다 남 좋은 일 한 것을 안다면 눈이 뒤집힐 일이겠다.

이래서야 어디 이웃을 믿어 보겠는가…….

확적히 증거만 있어 이놈을 잡으면 대번에 요절을 내리라 결심하고 응칠이는 침을 탁 뱉어 던지고 산을 내려온다.

그런데 그놈의 행태로 가늠해 보면 응칠이 저만치는 때가 못 벗은 도적이다.

어느 미친놈이 논뚜랑에까지 가새(가위)를 들고 오는가. 격식도 모르는 푸똥이(풋내기)가 그러려면 바로 조 낟가리나 수수 낟가리 말이지 그 속에 들어앉아 가새로 속닥거려야 들킬 리도 없고 일도 편하고 두 포대고 세 포대고 마음껏 딸 수도 있다. 그러나 틈 보고 집으로 나르면 고만이지만 누가 논의 벼를 다……. 그렇게도 벼에 걸신이 들었다면 바로 남의 집 머슴으로 들어가 한 달포 동안 주인 앞에 얼렁거리며 신용을 얻어 오다가 주는 옷이나 얻어 입고 다들 잠들거든 볏섬이나 두둑이 짊어 메고 덜렁거리면 그뿐이다. 이건 맥도 모르는 게 남도 못 살게 굴려고, 에이 망할 자식두……. 그는 분노에 살이 다 부들부들 떨리는 듯싶었다. 그러나 이런 좀도둑이란 봉이 나기 전에는 바짝 물고 덤비는 법이었다. 오늘 밤에는 요놈을 지켰다 꼭 붙들어 가지고 정강이를 분질러 놓으리라, 밥을 먹고는 태연히 막걸리 한 사발을 껄떡껄떡 들이키자,

"커! 가을이 되니깐 맛이 행결 낫군!"

그는 주먹으로 입가를 쓱 훔친 다음 송이 꾸럼에서 세 개를 뽑는다. 그리고 그걸 갈퀴같이 마른 주막 할머니 손에 내주며,

"옛수, 송이나 잡숫게유!"

하고 술값을 치렀으나,

"아이, 송이두 고놈 참."

간사를 피는 것이 겉으로는 반기는 척하면서도 좀 시쁜(마음

에 차지 않아 시들한) 모양이다. 제 딴은 한 개에 삼 전씩 치더라도 구 전밖에 안 되니깐…….

 응칠이는 슬며시 화가 나서 그 얼굴을 유심히 들여다보았다. 옴폭 들어간 볼때기에 저건 또 왜 저리 멋없이 불거졌는지 톡 나온 광대뼈가. 치마 아래로 남실거리는 발가락은 자칫 잘못 보면 황새 발목이니 이건 언제 잡아 가려고 남겨두는 거야……. 보면 볼수록 하나 이쁜 데가 없다. 한두 번 먹은 것도 아니요 언젠간 울타리께 풀을 베어 주고 술사발이나 얻어먹은 적도 있다. 고렇게 야멸치게 따질 건 뭔가. 그는 눈살을 흘깃 맞추고는 하나를 더 꺼내어,

 "옛수, 또 하나 잡숫게유!"

 내던져 주곤 댓돌에 가래침을 탁 뱉었다.

 그제야 직성이 좀 풀리는지 그 가죽으로(그제야 만족한 듯 꾸며서) 웃으며,

 "아이구 이거 자꾸 주면 어떻게 해."

 "어떡하긴, 자꾸 살찌게유……."

하고 한마디 툭 쏘고 일어서다가 무엇을 생각함인지 다시 툇마루에 주저앉는다.

 "그런데 참 요즘 성팔이 보셨수?"

 "아아니, 당최 볼 수가 없더구먼."

"술두 안 먹으러 와유?"

"안 와!"

하고는 입속으로 뭐라고 종잘거리며 의아한 낯을 들더니,

"왜, 또 뭐 일이……?"

"아니유, 본 지가 하 오래니깐……."

응칠이는 말끝을 얼버무리고 고개를 돌리어 한데를 바라본다. 벌써 점심때가 되었는지 닭들이 요란히 울어댄다. 논둑의 미루나무는 부 하고 또 부 하고 잎이 날리며 팔랑팔랑 하늘로 올라간다.

"성팔이가 이 마을에서 얼마나 살았지유?"

"글쎄, 재작년 가을이지 아마."

하고 장죽을 빡빡 빨더니,

"근대 또 떠난대던 걸, 홍천인가 어디 즈 성님안터(형님한테)로 간대."

하고 그게 옳지, 여기서 뭘 하느냐, 대장간이라구 일이 많으면 모르거니와 밤낮 파리만 날리는걸. 그보다는 즈 형이 크게 농사를 짓는다니 그 뒤나 자 들어주고 구구루 언어먹는 게 신상에 편하겠지. 그래 불일간 처자식을 데리고 아마 떠나리라고 하고,

"농군은 그저 농사를 지야 돼."

"낼 술 먹으러 또 오지유……."

간단히 인사만 하고 응칠이는 다시 일어났다.

주막을 나서니 옷깃을 스치는 개운한 바람이다. 밭 둔덕의 대추는 척척 늘어진다. 머지않아 겨울은 또 오렷다. 그는 응오의 집을 바라보며 그간 죽었는지 궁금하였다.

응오는 봉당에 걸터앉았다. 그 앞 화로에는 약이 바글바글 끓는다. 그는 정신없이 들여다보고 앉았다.

우중중한 방에서는 아내의 가쁜 숨소리가 들린다. 색, 색 하다가 아이구 하고는 까무러지게 콜록거린다. 가래가 치밀어 몹시 괴로운 모양. 뽑아 줄 사이가 없이 풀들은 뜰에 엉켰다. 흙이 드러난 지붕에서 망초가 휘어청휘어청, 바람은 가끔 찾아와 싸리문을 흔든다. 그럴 적마다 문은 을씨년스럽게 삐이걱삐이걱. 이웃의 발바리는 벽에서 한창 바쁘게 달그락거린다마는 아침에 아내에게 먹이고 남은 조죽밖에야. 아니 그것도 참 남편이 마저 긁었으니 사발에 붙은 찌꺽지뿐이리라……

"거, 다 졸았나 부다."

응칠이는 약이란 너무 졸면 못 쓰니 고만 짜 먹이라, 하였다. 약이라야 어제저녁 울 뒤에서 옭아들인 구렁이지만…….

그러나 응오는 듣고도 흘렸는지 혹은 못 들었는지 잠자코 고개도 안 든다.

"옛다, 송이 맛이나 봐라."

하고 형이 손을 내밀 제야 겨우 시선을 들었으나 술이 거나한 그 얼굴을 거북상스레 훑어본다. 그리고 송이를 고맙지 않게 받아 방으로 들어가 치뜨리고는,

"이거나 먹어."

하다가,

"뭐?"

소리를 크게 질렀다. 그래도 잘 들리지 않으므로,

"뭐야 뭐야, 좀 똑똑히 하라니깐?"

하고 골피를 찌푸린다.

그러나 아내는 손짓만으로 무슨 소린지 알 수가 없다. 음성으로 치느니보다 조히(종이) 부비는 소리랄지, 그걸 듣기에는 지척도 멀었다.

가만히 보다 응칠이는 제가 다 불안하여,

"뒤보겠다는 게 아니냐."

"그럼 그렇다 말이 있어야지."

남편은 이내 짜증을 내이며 몸을 일으킨다. 병약한 아내의 음성이 날로 변하여 감을 시방 안 것도 아니련만……. 그는 방바닥에 늘어져 꼬치꼬치 마른 반송장을 조심히 일으키어 등에 업었다.

울 밖 밭머리에 잿간은 놓였다. 머리가 눌릴 만치 납작한 갑

갑한 굴속이다. 게다가 거미줄은 예제없이 엉키었다. 부춧돌 위에 내려놓으니 아내는 벽을 의지하여 웅크리고 앉는다. 그리고 남편은 눈을 멀뚱멀뚱 뜨고 지키고 섰는 것이다.

 이 꼴들을 멀거니 바라보다 응칠이는 마뜩지 않게 코를 횅, 풀며 입맛을 다시었다. 응오의 짓이 어리석고 울화가 터져서이다. 요즘 응오가 형에게 말두 잘 않고 왜 어뜩비뜩(행동이 바르거나 단정치 못한 모양)하는지 그 속은 응칠이도 모르는 배 아닐 것이다.

 응오가 이 아내를 찾아올 때 꼭 삼 년간을 머슴을 살았다. 그처럼 먹고 싶던 술 한 잔 못 먹었고, 그처럼 침을 삼키던 그 개고기 한 메 물론 못 샀다. 그리고 사경을 받는 대로 꼭꼭 장리를 놓았으니 후일 선 채로 썼던 것이다. 이렇게까지 근사를 모아 얻은 게집이련만 단 두 해가 못 가서 이 꼴이 되고 말았다.

 그러나 이 병이 무슨 병인지 도시 모른다. 의원에게 한 번이라도 변변히 보여 본 적 없다. 혹 안다는 사람의 말인즉 뇌점(폐결핵)이니 어렵다 하였다. 돈만 있다면이야 뇌점이고 염병(장티푸스)이고 알 바가 못 될 거로되 사날 전 거리로 쫓아 나오며,

"성님!"

하고 팔을 챌 적에는 응오도 어지간히 급한 모양이었다.

"왜?"

응칠이가 몸을 돌리니 허둥지둥 그 말이 인제는 별 도리가 없다. 있다면 꼭 한 가지가 남았으니 그것은 엊그저께 산신을 부리는 노인이 이 마을에 오지 않았는가. 그 도인이 응오를 특히 동정하여 십오 원만 들이어 산치성을 올리면 씻은 듯이 낫게 해 주리라는데.

"성님은 언제나 돈 만들 수 있지유?"

"거 안 된다. 치성 드려 날 병이 그냥 안 낫겠니."

하여 여전히 딱 떼이고 그러게 내 뭐래던, 애전에 계집 다 내 버리고 날 따라나서랬지 하고.

"그래, 농군의 살림이란 제 목매기라니!"

그러나 아우가 암말 없이 몸을 홱 돌리어 집으로 들어갈 제 응칠이는 속으로 또 괜한 소리를 했구나, 하였다.

응오는 도루 아내를 업어다 방에 뉘었다. 약은 다 졸았다. 불이 삭기 전 짜야 할 것이다. 식기를 기다려 약 사발을 입에 대어 주니 아내는 군말 없이 그 구렁이 물을 꿀떡꿀떡 들이마신다.

응칠이는 마당에 우두커니 앉았다. 사람의 목숨이란 과연 중하군, 하였다. 그러나 계집이라는 저 물건이 그렇게 떼기 어렵도록 중할까, 하니 암만해도 알 수 없고,

"너 참 요 건너 성팔이 알지?"

"……."

"너하고 친하냐?"

"……."

"성이 뭐래는데 거 대답 좀 하렴."

하고 소리를 빽 질러도 아우는 대답은 말고 고개도 안 든다.

그러나 응칠이는 하늘을 쳐다보고 트림만 끄윽, 하고 말았다. 술기가 코를 콱콱 찔러야 할 터인데 이건 풋김치 냄새만 코밑에서 뱅뱅 돈다. 공짜 김치만 퍼먹을 게 아니라 한 잔 더 했더라면 좋았을걸. 그는 일어서서 대를 허리에 꽂고 궁뎅이의 흙을 털었다. 벼 도둑맞은 이야기를 할까, 하다가 아서라 가뜩이나 울상이 속이 쓰릴 것이다. 그보다는 이놈을 잡아 놓고 낭중(나중) 히 짜를 뽑는 것이 점잖겠지…….

그는 문밖으로 나와 버렸다.

답답한 아우의 살림을 보니 역 답답하든 제 살림이 연상되고 가슴이 두목(몹시) 답답하였다.

이런 때에는 무가 십상이다. 사실 하느님이 무를 마련해 낸 것은 참으로 은혜로운 일이다. 맥맥할 때 한 개를 씹구 보면 꿀꺽하고, 쿡 치는 그 맛이 좋고 남의 무밭에 들어가 하나를 쑥 뽑으니 가락무. 이키, 이거 오늘 운수 대통이로군. 내던지고 그 다음 놈을 뽑아들고 개울로 내려온다. 물에 쓱쓰윽 닦아서는 꽁지는 이로 베어 던지고 어썩 깨물어 붙인다.

개울 둔덕에 포푸리는 호젓하게도 매출이 컸다. 자갈돌은 그 밑에 옹기종기 모였다. 가생이로 잔디가 소보록하다. 응칠이는 나가자빠져 마을을 건너다보며 눈을 멀뚱멀뚱 굴리고 누웠다. 산에 뺑뺑 돌리어 숨이 콕 막힐 듯한 그 마을…….

아리랑 아리랑 아라리요

아리랑 띄어라 노다 가세

증기차는 가자고 왼 고동 트는데

정든 님 품 안고 낙누낙누(낙루낙루)

아리랑 아리랑 아라리요

아리랑 띄어라 노다 가세

낼 갈지 모레 갈지 내 모르는데

옥씨기 강낭이는 심어 뭐하리

아리랑 아리랑 아라리요

아리랑 띄어라……

그는 콧노래로 이렇게 흥얼거리다 갑작스레 강릉이 그리웠다. 펄펄 뛰는 생선이 좋고, 아침 햇발에 비끼어 힘차게 출렁거리는 그 물결이 좋고. 이까짓 둠 구석에서 쪼들리는 데 대다니. 그래도 즈이딴엔 무어 농사 좀 지었답시고 악을 복복 쓰며 잘도 떠들어 대인다. 허지만 그런 중에도 어디인가 형언치 못할 쓸쓸함이 떠돌지 않는 것도 아니다. 삼십여 년 전 술을 빚어 놓고 쇠를 올리고 흥에 질리어 어깨춤을 덩실거리고 이러던 가을과는 저 딴쪽이다.

가을이 오면 기쁨에 넘쳐야 될 시골이 점점 살기만 떠어 옴은 웬일인고. 이렇게 보면 재작년 가을 어느 밤 산중에서 낫으로 사람을 찍어 죽인 강도가 문득 머리에 떠오른다. 장을 보고 오는 농군을 농군이 죽였다. 그것두 많이나 되었으면 모르되 빼앗은 것이 한껏 동전 네 닢에 수수 일곱 되, 게다 흔적이 탄로 날까 하여 낫으로 그 얼굴의 껍질을 벗기고 조기대강이 이기듯 끔찍하게 남기고 조긴 망나니다. 흉악한 자식. 그 알량한 돈 사 전에 나 같으면 가여워 덧돈을 주고라도 왔으리라. 이번 놈은 그따위 각다귀나 아닐는지 할 때 찬 김과 아울러 치미는 소름에 머리끝이 다 쭈뼛하였다. 그간 아우의 농사를 대신 돌봐주기에 이럭저럭 날이 늦었다. 오늘밤에는 이놈을 다리를 꺾어 놓고, 내일쯤은 봐서 설렁설렁 뜨는 것이 옳은 일이겠다. 이 산을 넘을까, 저 산을 넘을까 주저거리며 속으로 점을 치다가 슬그머니 코를 골아 올린다.

밤이 내리니 만물은 고요히 잠이 든다. 검푸른 하늘에 산봉우리는 울퉁불퉁 물결을 치고 흐릿한 눈으로 별은 떴다. 그러다

구름 떼가 몰려 닥치면 캄캄한 절벽이 된다. 또한 마을 한복판에는 거친 바람이 오락가락 쓸쓸이 궁글고(소리가 깊고), 이따금 코를 찌르는 후련한 산사 내음새. 북쪽 산 밑 미루나무에 싸여 주막이 있는데 유달리 불이 반짝인다. 노세, 노세, 젊어서 노세, 노랫소리는 나직나직 한산히 흘러나온다. 아마 벼를 뒷심 대고 외상이리라…….

응칠이는 잠자코 벌떡 일어나 바깥으로 나섰다. 그리고 다 나와서야 그 집 친구에게 눈치를 안 채이도록,

"내 잠깐 다녀옴세!"

"어딜 가나?"

친구는 웬 영문을 몰라서 뻔히 치어다보다 밤이 이렇게 늦었으니 나갈 생각 말고 어여 이리 들어와 자라 하였다. 기껏 둘이 앉아서 개코 쥐코 떠들다가 급작히 일어서니깐 꽤 이상한 모양이었다.

"건넛마을 가 담배 한 봉 사 올라구."

"담배 여기 있는데 또 사 뭐하나?"

친구는 호주머니에서 연봉을 꺼내어 손에 들어 보이더니,

"이리 들어와 섬이나 좀 쳐 주게."

"아참 깜빡……."

하고 응칠이는 미안스러운 낯으로 뒤통수를 긁죽긁죽한다. 하

기는 섬을 좀 쳐 달라고 며칠째 당부하는 걸 노름에 몸이 팔리어 고만 잊고 잊고 했던 것이다. 먹고 자고 이렇게 신세를 지면서 이건 썩 안 됐다, 생각은 했지마는,

"내 곧 다녀올걸 뭐."

어정쩡하게 한마디 남기곤 그 집을 뒤에 남긴다. 그러나 이 친구는,

"그럼 곧 다녀오게……."

하고 때를 재치는 법은 없었다. 언제나 여일같이,

"그럼 잘 다녀오게……."

이렇게 그 신상만 편하기를 비는 것이다.

응칠이는 모든 사람이 저에게 그 어떤 경의를 갖고 대하는 것을 가끔 느끼고 어깨가 으쓱거린다. 백판 모르든 사람도 데리고 앉아서 몇 번 말만 좀 하면 대뜸 구부러진다. 그렇게 장한 것인지 그 일을 하다가, 그 일이라야 도적질이지만, 들어가 욕보던 이야기를 하면 그들은 눈을 커다랗게 뜨고,

"아이구, 그걸 어떻게 당하셨수!"

하고 저윽이 놀라면서도,

"그래 그 돈은 어떻게 했수?"

"또 그럴 생각이 납디까유?"

"참 우리 같은 농군에 대면 호강살이유!"

하고들 한편 썩 부러운 모양이었다. 저들도 그와 같이 진탕 먹고 살고는 싶으나 주변 없어 못하는 그 울분에서, 그런 이야기만 들어도 다소 위안이 되는 것이다. 응칠이는 이걸 잘 알고 그 누구를 논에다 꺼꾸로 박아 놓고 달아나다가 붙들리어 경치던 이야기를 부지런히 하며,

"자네들은 안적 멀었네, 멀었어……."
하고 흰소리를 치면, 그들은 옳다는 뜻이겠지, 묵묵히 고개만 끄덕하며 속없이 술을 사 주고 담배를 사 주고 하는 것이다.

그런데 이번 벼를 훔쳐 간 놈은 응칠이를 마구 넘보는 모양 같다. 이렇게 생각하면 응칠이는 더욱 괘씸하였다. 그는 물푸레 몽둥이를 벗 삼아 논둑길을 질러서 산으로 올라간다.

이슥한 그믐칠야…….

길은 어둡고 흐릿한 언저리만 눈앞에 아물거린다.

그 논까지 일곱 마장은 느긋하리라. 이 마을을 벗어나는 어구에 고개 하나를 넘는다. 또 하나를 넘는다. 그러면 그 다음 고개와 고개 사이에 수목이 울창한 산 중턱을 비껴 대고 몇 마지기 논이 놓였다. 응오의 논은 그중 하나였다. 길에서 썩 들어앉은 곳이라 잘 뵈도 않는다. 동리에 그런 소문이 안 났을 때에는 천행으로 본 놈이 없을 것이나 반드시 성팔이의 성행임에는…….

응칠이는 공동묘지의 첫 고개를 넘었다. 그리고 다음 고개

의 마루턱을 올라섰을 때 다리가 주춤하였다. 저 왼편 높은 산고랑에서 불이 반짝하다 꺼진다. 즘생(짐승)불로는 너무 흐리고……. 아하, 이놈들이 또 왔군. 그는 가던 길을 옆으로 새었다. 더듬더듬 나뭇가지를 짚으며 큰 산으로 올라탄다. 바위는 미끄러져 내리며 발등을 찧는다. 딸기 가시에 종아리는 따갑고 엉금엉금 기어서 바위를 끼고 감돈다.

산 거반 꼭대기에 바위와 바위가 어깨를 겯고 움쑥 들어간 굴이 있다. 풀들은 뻗치어 굴 문을 막는다.

그 속에 돌아앉아서 다섯 놈이 머리들을 맞대고 수군거린다. 불빛이 샐까 염려. 남폿불을 얕이 달아 놓고 몸들을 바싹바싹 여미어 가리운다.

"어서 후딱후딱 쳐, 갑갑해서 원……."

"이번엔 누가 빠지나?"

"이 사람이지 뭘 그래."

"다시 섞어, 어서 이따위 수작이야."

하고 한 놈이 골을 내고 화투를 빼앗아서 제 손으로 섞다가 깜짝 놀란다. 그리고 버썩 대드는 응칠이를 멍멍히 쳐다보며 얼뚤한다. 그들은 응칠이가 오는 것을 완고척이 싫어하는 눈치이었다. 이런 애송이 노름판인데 응칠이를 들였다가는 맥을 못 쓸 것이다. 속으로는 되우 꺼렸다마는 그렇다고 응칠이의 비위를

건드림은 더욱 좋지 못하므로,

"아 응칠인가, 어서 들어오게."

하고 선웃음을 치는 놈에,

"난 올 듯하기에, 자넬 기다렸지."

하며 어수대는 놈,

"하여튼 한 케 떠 보세."

이놈들은 손을 잡아들이며 썩들 환영이었다.

응칠이는 그 속으로 들어서며 무서운 눈으로 좌중을 한 번 훑어보았다.

그런데 재성이도 그 틈에 끼어 있는 것이 아닌가. 사날 전만 해도 응칠이더러 먹을 양식이 없으니 돈 좀 취하라든 놈이. 의심이 부쩍 일었다. 도적이란 흔히 이런 노름판에서 씨가 퍼진다. 고 옆으로 기호도 앉았다. 이놈은 며칠 전 제 계집을 팔았다. 그 돈으로 영동 가서 장사를 하겠다던 놈이 노름을 왔다. 제깐 주제에 딸 듯싶은가. 하나는 용구, 농사엔 힘 안 쓰고 노름에 몸이 달았다. 시키는 부역도 안 나온다고 동리에서 손두(손도(損徒), 부도덕한 인간을 그 지역에서 내쫓는 것)를 맞은 놈이다. 그리고 남의 집 머슴 녀석. 뽐을 내이고 멋없이 점잔을 피우는 중늙은이 상투쟁이, 이 물건은 어서 날아왔는지 보지도 못하던 놈이다. 쳇, 이것들이 뭘 한다구…….

응칠이는 기호의 등을 꾹 찔러 가지고 밖으로 나왔다.

외딴 곳으로 데리고 와서,

"자네 돈 좀 없겠나?"

하고 돌아서다가,

"웬걸 돈이 어디……."

눈치만 남고 어름어름하니,

"아내와 갈렸다지, 그 돈 다 뭐 했나?"

"아 이 사람아 빚 갚았지……."

기호는 눈을 내리깔며 매우 거북한 모양이다.

오른편 엄지로 한 코를 막고 흥, 하고 내뿜더니,

"이번 빚에 졸리어 죽을 뻔했네."

하고 묻지 않은 발뺌까지 얹어 설대로 등어리를 긁죽긁죽한다.

그러나 응칠이는 속으로 이놈, 하였다. 응칠이가 실눈을 뜨고 기호를 유심히 쏘아 주었더니,

"꼭 사 원 남았네."

하고 선뜻 알리고,

"빚 갚고 뭣 하고 흐지부지 녹았어……."

어색하게도 혼잣말로 우물쭈물 웃어 버린다. 응칠이는 퉁명스러이,

"나 이 원만 최게(꾸어 주게)."

하고 손을 내대다, 그래도 잘 듣지 않으매,

"따서 둘이 노늘 테야, 누가 떼먹나……."

하고 소리가 한 번 빽 아니 나올 수 없다.

이 말에야 기호도 비로소 안심한 듯, 저고리 섶을 쳐들고 흠칫거리다 주뼛주뼛 꺼내 놓는다. 딴은 응칠이의 솜씨이면 낙짜는 없을 것이다. 설혹 재간이 모자라 잃는다면 우격이라도 도로 몰아갈 테니깐…….

"나도 한케 떠 보세."

응칠이는 우좌스레(우쭐대며) 굴로 기어든다. 그 콧등에는 자신 있는 그리고 흡족한 미소가 떠오른다. 사실이지 노름만치 그를 행복하게 하는 건 다시없었다. 슬프다가도 화투나 투전장을 손에 들면 공연스리 어깨가 으쓱거리고 아무리 일이 바빠도 노름판은 옆에 못 두고 지낸다. 그는 이놈 저놈의 눈치를 한 번 슬쩍 훑고,

"두 패로 나누지?"

응칠이는 재성이와 용구를 데리고 한옆으로 비켜 앉았다. 그리고 신바람이 나서 화투를 섞다가 손을 따악 짚으며,

"튀전(투전)이래지 이깐 화투는 하튼 뭘 할 텐가, 녹빼낀(육백)가, 켤 텐가?"

"약단이나 그저 보지……."

사방은 매섭게 조용하였다. 바위 위에서 혹 바람에 모래 구르는 소리뿐이다.

어쩌다,

"옛다 봐라!"

하고 화투짝이 쩔꺽, 한다. 그리고 다시 쥐죽은 듯 잠잠하다.

그들은 이욕에 몸이 달아서 이야기고 뭐고 할 여지가 없다. 행여 속지나 않는가, 하여 눈들이 빨개서 서로 독을 올린다. 어떤 놈이 뜯는 놈이고 어떤 놈이 뜯기는 놈인지 영문 모른다.

응칠이가 한 장을 내던지고 명월공산을 보기 좋게 떡 제쳐 놓으니,

"이거 왜 수짜질(수작질)이야!"

용구가 골을 벌컥 내이며 쳐다본다.

"뭐가?"

"뭐라니, 아 이 공산 자네 밑에서 빼내지 않았나?"

"봤으면 고만이지 그렇게 노할 건 또 뭔가!"

응칠이는 어설피 입맛을 쩍쩍 다시다,

"그럼 이번엔 파토지?"

하고 손의 화투를 땅에 내던지며 껄껄 웃어 버린다.

이때 한옆에서 별안간,

"이 자식 죽인다!"

악을 쓰는 것이니 모두들 놀라며 시선을 몬다. 머슴이 마주 앉은 상투의 뺨을 갈겼다. 말인즉 매조 다섯 끗을 업어 쳤다고…….

 허나 정말은 돈을 잃은 것이 분한 것이다. 이 돈이 무슨 돈이냐 하면 일 년 품을 판은 피 묻은 사경이다. 이런 돈을 송두리 먹히다니…….

 "이 자식, 너는 야마시꾼이지. 돈 내라."

 멱살을 훔켜잡고 다시 두 번을 때린다.

 "허, 이놈이 왜 이러누, 어른을 몰라보고."

 상투는 책상다리를 잡숫고 허리를 쓰윽 펴더니 점잖이 호령한다. 자식뻘 되는 놈에게 뺨을 맞는 건 말이 좀 덜 된다. 약이 올라서 곧 일을 칠 듯이 엉덩이를 번쩍 들었으나 그러나 그대로 주저앉고 말았다. 악에 바짝 받친 놈을 건드렸다가는 결국 이쪽이 손해다. 더럽다는 듯이 허허, 웃고,

 "버릇없는 놈 다 봤고!"

하고 꾸짖은 것은 잘됐으나 그여히(기어이) 어이쿠, 하고 그 자리에 푹 엎으러진다. 이마가 터져서 피가 흘렀다. 어느 틈엔가 돌멩이가 날아와 이마의 가죽을 터친 것이다.

 응칠이는 싱글거리며 굴을 나섰다. 공연스리 쑥스럽게 일이나 벌어지면 성가신 노릇이다. 그리고 돈 백이나 될 줄 알았더

니 다 봐야 한 사십 원이 될까 말까. 그걸 바라고 어느 놈이 앉았는가…….

그가 딴 것은 본밑을 알라 구 원하고 팔십 전이다. 기호에게 오 원을 내주고,

"자, 반이 넘네. 자네 계집 잃고 돈 잃고 호강이겠네."

농담으로 비웃어 던지고는 숲 속으로 설렁설렁 내려온다.

"여보게 자네에게 청이 있네."

재성이 목이 말라서 바득바득 따라온다. 그 청이란 묻지 않아도 알 수 있었다. 저에게 돈을 다 빼앗기곤 구문(口文, 개평돈)이겠지. 시치미를 딱 떼고 나 갈 길만 걷는다.

"여보게, 응칠이. 아 내 말을 좀 들어."

그제서는 팔을 잡아낚으며 살려 달라 한다. 돈을 좀 늘일까, 하고 벼 열 말을 팔아 해 보았더니 다 잃었다고. 당장 먹을 게 없어 죽을 지경이니 노름 밑천이나 하게 몇 푼 달라는 것이다. 그러나 벼를 털었으면 거저 먹을 게지 어쭙잖게 노름은…….

"그런 걸 왜 너보고 하랬어?"

하고 돌아서며 소리를 뻑 지르다가 가만히 보니 눈에 눈물이 글썽하다. 잠자코 돈 이 원을 꺼내 주었다.

응칠이는 돌에 앉아서 팔짱을 끼고 덜덜 떨고 있다.

사방은 빼앵 돌리어 나무에 둘러싸였다. 거무투툭한 그 형상

이 헐 없이 무슨 도깨비 같다. 바람이 불 적마다 쏴아 하고 음충맞게 건들거린다. 어느 때에는 쨕, 쨕, 하고 목을 따는지 비명도 올린다.

그는 가끔 뒤를 돌아보았다. 별일은 없을 줄 아나 호옥 뭐가 덤벼들지도 모른다. 서낭당은 바로 등 뒤다. 족제빈지 뭔지, 요 동통에 돌이 무너지며 바시락바시락한다. 그 소리가 묘하게도 등줄기를 쪼옥 긋는다. 어두운 꿈속이다. 하늘에서 이슬은 내리어 옷깃을 축인다. 공포도 공포려니와 냉기로 하여 좀체로 견딜 수가 없었다.

산골은 산신까지도 주렸으렷다. 아들 낳아 달라고 떡 갖다 바칠 이 없을 테니까. 이놈의 영감님 홧김에 덥석 달겨들면, 앞뒤를 다시 한 번 휘돌아본 다음 설대를 뽑는다. 그리고 오금팽이(오금)로 불을 가리고는 한 대 뻑뻑 피워 물었다. 논은 여남은 칸 떨어져 고 아래 누웠다. 일심정기를 다하여 나무 틈으로 뚫어보고 앉았다. 그러나 땅에 대를 털려니깐 풀숲이 이상스러이 흔들린다. 뱀, 뱀이 아닌가. 구시월 뱀이라니 물리면 고만이다. 자리를 옮겨 앉으며 손으로 입을 막고 하품을 터친다.

아마 두어 시간은 더 넘었으리라. 이놈이 필연코 올 텐데 안 오니 이 또 무슨 조활까. 이 짓이란 소문이 나기 전에 한 번 더 와 보는 것이 원칙이다. 잠을 못 자서 눈이 뻑뻑한 것이 제물에

슬금슬금 감긴다. 이를 악물고 눈을 뒵쓰면 이번에는 허리가 노글거린다. 속은 쓰리고 골치는 때리고. 불꽃같은 노기가 불끈 일어서 몸을 옥죄인다. 이놈의 다리를 못 꺾어 놔도 애비 없는 호래자식이겠다.

닭들이 세 홰를 운다. 머얼리 산을 넘어오는 그 음향이 퍽이나 서글프다. 큰비를 몰아드는지 검은 구름이 잔뜩 끼인다. 하긴 지금도 빗방울이 뚝뚝 떨어진다.

그때 논둑에서 희끄무레한 헤까비 같은 것이 얼씬거린다. 정신을 바짝 차렸다. 영락없이 성팔이, 재성이, 그 둘 중의 한 놈이리라. 이 고생을 시키는 그놈! 이가 북북 갈리고 어깨가 다 식식거린다. 몸뚱이를 잔뜩 우려 쥐었다. 그리고 벌떡 일어나서 나무줄기를 끼고 조심조심 돌아내린다. 허나 도랑쯤 내려오다가 그는 멈씰하여(멈칫하여) 몸을 뒤로 물렸다. 늑대 두 놈이 짝을 짓고 이편 산에서 저편 산으로 설렁설렁 건너가는 길이었다. 빌어먹을 늑대, 이것까지 말썽이람.

이마의 식은땀을 씻으며 도로 제자리로 돌아온다. 어쩌면 이번 이놈도 재작년 강도 짝이나 안 될는지. 급시로 불길한 예감이 뒤통수를 탁 치고 지나간다.

그는 옷깃을 여미며 한 대를 더 붙였다. 돌연히 풍세는 심하여진다. 산골짜기로 몰아드는 억센 놈이 가끔 발광이다. 다시금

더르르 몸을 떨었다. 가을은 왜 이 지경인가. 여기에서 밤새울 생각을 하니 기가 찼다.

얼마나 되었는지 몸을 좀 녹이고자 일어나서 서성서성할 때이었다. 논으로 다가오는 희미한 그림자를 분명히 두 눈으로 보았다. 그리고 보니 피로고, 한고(寒苦)이고 다 딴소리다. 고개를 내대고 딱 버티고 서서 눈에 쌍심지를 올린다.

흰 그림자는 어느 틈엔가 어둠 속에 사라져 보이지 않는다. 그리고 다시 나올 줄을 모른다. 바람소리만 왱, 왱, 칠 뿐이다. 다시 암흑 속이 된다. 확실히 벼를 훔치러 논 속으로 들어갔을 것이다. 여깽이 같은 놈이 궂은 날새를 기회 삼아 맘껏 하겠지. 의리 없는 썩은 자식, 격장에서 같이 굶는 터에……. 오냐 대거리만 있거라. 이를 한 번 부욱 갈아붙이고 차츰차츰 논께로 내려온다.

응칠이는 논께로 바특이 내려서서 소나무에 몸을 착 붙였다. 섣불리 서둘다간 낫의 횡액을 입을지도 모른다. 다 훔쳐 가지고 나올 때만 기다린다. 몸뚱이는 잔뜩 힘을 올린다.

한 식경쯤 지났을까, 도적은 다시 나타난다. 논둑에 머리만 내놓고 사면을 두리번거리더니 그제서 기어 나온다. 얼굴에는 눈만 내놓고 수건인지 뭔지 헝겊이 가리었다. 봇짐을 등에 짊어 메고는 허리를 구붓이 빽손을 놓는다. 그러자 응칠이가 날쌔게

달려들며,

"이 자식아, 남의 벼를 훔쳐 가!"

하고 대포처럼 고함을 지르니 논둑으로 고대로 데굴데굴 굴러서 떨어진다. 얼결에 호되게 놀란 모양이다.

응칠이는 덤벼들어 우선 허리께를 내려 조졌다. 어이 쿠쿠, 쿠 하고 처참한 비명이다. 이 소리에 귀가 번쩍 띄어서 그 고개를 들고 팔부터 벗겨 보았다. 그러나 너무나 어이가 없었음인지 시선을 치걷으며 그 자리에 우두망찰한다.

그것은 무서운 침묵이었다. 살뚱맞은 바람만 공중에서 북새를 논다.

한참을 신음하다 도적은 일어나더니,

"성님까지 이렇게 못 살게 굴기유?"

제법 눈을 부라리며 몸을 홱 돌린다. 그리고 느끼며 울음이 복받친다. 봇짐도 내버린 채,

"내 것 내가 먹는데 누가 뭐래?"

하고 데퉁스러이 내뱉고는 비틀비틀 논 저쪽으로 없어진다.

형은 너무 꿈속 같아서 멍하니 섰을 뿐이다.

그러다 얼마 지나서 한 손으로 그 봇짐을 들어 본다. 가뿐하니 끽 말가웃이나 될는지. 이까짓 걸 요렇게까지 해 가려는 그 심정은 실로 알 수 없다. 벼를 논에다 도로 털어 버렸다. 그리고

아내의 치마겠지, 검은 보자기를 척척 개서 들었다. 내 걸 내가 먹는다……. 그야 이를 말이랴. 허나 내 걸 내가 훔쳐야 할 그 운명도 얄궂거니와 형을 배반하고 그 짓을 벌인 아우도 아우이렷다. 에이 고연 놈, 할 제 보를 적시는 것은 눈물이다. 그는 주먹으로 눈을 쓱쓱 부비고 머리에 번쩍 떠오르는 것이 있으니 두레두레한 황소의 눈깔. 시오 리를 남쪽 산으로 들어가면 어느 집 바깥뜰에 밤마다 늘 매어 있는 투실투실한 그 황소. 아무렇게 따지든 칠십 원은 갈데없으리라. 그는 부리나케 아우의 뒤를 밟았다.

공동묘지까지 거반 왔을 때에야 가까스로 만났다. 아우의 등을 탁 치며,

"얘, 좋은 수 있다. 네 원대로 돈을 해 줄게 나하고 잠깐 다녀오자."

씩씩한 어조로 기쁘도록 달랬다. 그러나 아우는 입 하나 열려 하지 않고 그대로 실쭉하였다. 뿐만 아니라 어깨 위에 올려놓은 형의 손을 부질없단 듯이 몸으로 털어 버린다. 그리고 삐익 달아난다.

이걸 보니 하 엄청나고 기가 꽉 막히었다.

"이놈아!"

하고 악에 받치어,

"명색이 성이라며?"

대뜸 몽둥이는 들어가 그 볼기짝을 후려갈겼다. 아우는 모로 몸을 꺾더니 시나브로 찌그러진다. 뒤미처 앞정강이를 때렸다. 등을 팼다. 일어나지 못할 만치 매는 내리었다. 체면을 불구하고 땅에 엎드리어 엉엉 울도록 매는 내리었다.

홧김에 하긴 했으되 그 꼴을 보니 또한 마음이 편할 수 없다. 침을 퉤, 뱉어 던지곤 팔자 드센 놈이 그저 그렇지 별수 있나, 쓰러진 아우를 일으키어 등에 업고 일어섰다. 언제나 철이 날는지 딱한 일이었다. 속 썩는 한숨을 후우 하고 내뿜는다. 그리고 어청어청 고개를 묵묵히 내려온다.

봄봄

"장인님! 인제 저……."

내가 이렇게 뒤통수를 긁고 나이가 찼으니 성례를 시켜 줘야 하지 않겠느냐고 하면 대답이 늘,

"이 자식아! 성례구 뭐구 미처 자라야지!"

하고 만다.

이 자라야 한다는 것은 내가 아니라 내 아내가 될 점순이의 키 말이다.

내가 여기에 와서 돈 한 푼 안 받고 일하기를 삼 년 하고 꼬바기 일곱 달 동안을 했다. 그런데도 미처 못 자랐다니까 이 키는 언제야 자라는 겐지 짜장 영문 모른다. 일을 좀 더 잘해야 한다

든지, 혹은 밥을 많이 먹는다고 노상 걱정이니까 좀 덜 먹어야 한다든지 하면 나도 얼마든지 할 말이 많다. 하지만 점순이가 안직 어리니까 더 자라야 한다는 여기에는 어째 볼 수 없이 고만 벙벙하고 만다.

이래서 나는 애초 계약이 잘못된 걸 알았다. 이태면 이태, 삼 년이면 삼 년, 기한을 딱 작정하고 일을 했어야 할 것이다. 덮어 놓고 딸이 자라는 대로 성례를 시켜 주마 했으니 누가 늘 지키고 섰는 것도 아니고, 그 키가 언제 자라는지 알 수 있는가. 그리고 난 사람의 키가 무럭무럭 자라는 줄만 알았지, 붙배기 키에 모로만 벌어지는 몸도 있는 것을 누가 알았으랴. 때가 되면 장인님이 어련하랴 싶어서 군소리 없이 꾸벅꾸벅 일만 해 왔다. 그럼 말이다, 장인님이 제가 다 알아차려서,

"어참, 너 일 많이 했다. 고만 장가들어라."

하고 살림도 내주고 해야 나도 좋을 것이 아니냐. 시치미를 딱 떼고 도리어 그런 소리가 나올까 봐서 지레 펄펄 뛰고 이 야단이다. 명색이 좋아 데릴사위지 일하기에 싱겁기도 할 뿐더러 이건 참 아무것도 아니다.

숙맥이 그걸 모르고 점순이의 키 자라기만 까맣게 기다리지 않았나.

언젠가는 하도 갑갑해서 자를 가지고 덤벼들어서 그 키를 한

번 재 볼까 했다마는 우리는 장인님이 내외를 해야 한다고 해서 마주 서 이야기도 한마디 하는 법 없다. 우물길에서 언제나 마주칠 적이면 겨우 눈어림으로 재 보고 하는 것인데, 그럴 적마다 나는 저만큼 가서,

"제에미 키두!"

하고 논둑에다 침을 퉤하고 뱉는다. 아무리 잘 봐야 내 겨드랑(다른 사람보다 좀 크긴 하지만) 밑에서 넘을락 말락 밤낮 요 모양이다.

개돼지는 푹푹 크는데 왜 이리도 사람은 안 크는지, 한동안 머리가 아프도록 궁리도 해 보았다. 아하, 물동이를 자꾸 이니까 뼈다귀가 움츠러드나 보다, 하고 내가 넌짓 그 물을 대신 길어도 주었다. 뿐만 아니라, 나무를 하러 가면 서낭당에 돌을 올려놓고,

"점순이의 키 좀 크게 해 줍소사. 그러면 담엔 떡 갖다 놓고 고사드립죠니까."

하고 치성도 한두 번 드린 것이 아니다. 어떻게 돼먹은 킨지 이래도 막무가내니……. 그래 내 어저께 싸운 것이지 결코 장인님이 밉다든가 해서가 아니다.

모를 붓다가 가만히 생각을 해 보니까 또 싱겁다. 이 벼가 자라서 점순이가 먹고 좀 큰다면 모르지만 그렇지도 못한 걸 내

심어서 뭘 하는 거냐. 해마다 앞으로 축 거불지는(둥글고 두두룩하게 불거져 나오는) 장인님의 아랫배(너무 먹는 걸 모르고 속병이라나, 그 배)를 불리기 위하여 심곤 조금도 싶지 않다.

"아이구 배야!"

난 물 붓다 말고 배를 쓰다듬으면서 그대로 논둑으로 기어올랐다. 그리고 겨드랑에 꼈던 벼 담긴 키를 그냥 땅바닥에 털썩 떨어치며 나도 털썩 주저앉았다. 일이 암만 바빠도 나 배 아프면 고만이니까. 아픈 사람이 누가 일을 하느냐. 파릇파릇 돋아 오른 풀 한 숲을 뜯어 들고 다리의 거머리를 쑥쑥 문대며 장인님의 얼굴을 쳐다보았다.

논 가운데서 장인님도 이상한 눈을 해 가지고 한참 날 노려보더니,

"너 이 자식, 왜 또 그래 응?"

"배가 좀 아파서유!"

하고 풀 위에 슬며시 쓰러지니까 장인님은 약이 올랐다. 저도 논에서 철벙철벙 둑으로 올라오더니 잡은 참 내 멱살을 움켜잡고 뺨을 치는 것이 아닌가!

"이 자식아, 일허다 말면 누굴 망해 놀 셈속이냐. 이 대가릴 까놀 자식?"

우리 장인님은 약이 오르면 이렇게 손버릇이 아주 못됐다.

또 사위에게 이 자식 저 자식 하는 이놈의 장인님은 어디 있느냐. 오죽해야 우리 동리에서 누굴 막론하고 그에게 욕을 안 먹는 사람은 명이 짜르다 한다. 조그만 아이들까지도 그를 돌려세워 놓고 욕필이(본 이름이 봉필이니까), 욕필이, 하고 손가락질을 할 만치 두루 인심을 잃었다. 허나 인심을 정말 잃었다면 욕보다 읍의 배 참봉댁 마름으로 더 잃었다. 번히 마름이란 욕 잘 하고, 사람 잘 치고, 그리고 생김 생기길 호박개(뼈대가 굵고 털이 북실북실한 개) 같아야 쓰는 거지만 장인님은 외양이 똑 됐다. 장인에게 닭 마리나 좀 보내지 않는다든가 애벌논(논을 여러 번 맬 때에 그 첫 번째로 맨 논) 때 품을 좀 안 준다든가 하면 그해 가을에는 영락없이 땅이 뚝뚝 떨어진다. 그러면 미리부터 돈도 먹고 술도 먹이고 안달재신(속을 끓이며 여기저기로 다니는 사람)으로 돌아치던 놈이 그 땅을 슬쩍 돌려 안는다. 이 바람에 장인님 집 외양간에는 눈깔 커다란 황소 한 놈이 절로 엉금엉금 기어들고 동리 사람들은 그 욕을 다 먹어 가면서도 그래도 굽신굽신하는 게 아닌가.

그러나 내겐 장인님이 감히 큰소리할 계제가 못 된다.

뒷생각은 못하고 뺨 한 대를 딱 때려 놓고는 장인님은 무색해서 덤덤히 쓴 침만 삼킨다. 난 그 속을 퍽 잘 안다.

조금 있으면 갈도 꺾어야 하고 모도 내야 하고, 한참 바쁜 때인데 나 일 안 하고 우리 집으로 그냥 가면 고만이니까.

작년 이맘때도 트집을 좀 하니까 늦잠 잔다구 돌멩이를 집어 던져서 자는 놈의 발목을 삐게 해 놨다. 사날씩이나 건승 끙끙, 앓았더니 종당에는 거반 울상이 되지 않았던가.

"얘, 그만 일어나 일 좀 해라. 그래야 올 갈에 벼 잘 되면 너 장가들지 않니."

그래 귀가 번쩍 띄어서 그날로 일어나서 남이 이틀 품 들일 논을 혼자 삶아 놓으니까 장인님도 눈깔이 커다랗게 놀랐다. 그럼 정말로 가을에 와서 혼인을 시켜 줘야 원 경우가 옳지 않겠나. 볏섬을 척척 들여쌓아도 다른 소리는 없고 물동이를 이고 들어오는 점순이를 담배통으로 가리키며,

"이 자식아, 미처 커야지. 조걸 무슨 혼인을 한다구 그러니 원!"

하고 남 낯짝만 붉게 해 주고 고만이다.

골김에 그저 이놈의 장인님, 하고 댓돌에다 메어꽂고 우리 고향으로 내뺄까 하다가 꾹꾹 참고 말았다.

참말이지 난 이 꼴 하고는 집으로 차마 못 간다. 장가를 들러 갔다가 오죽 못났어야 그대로 쫓겨 왔느냐고 손가락질을 받을 테니까…….

논둑에서 벌떡 일어나 한풀 죽은 장인님 앞으로 다가서며,

"난 갈 테야유, 그동안 사경 쳐 내슈 뭐."

"너 사위로 왔지, 어디 머슴 살러 왔니?"

"그러면 얼찐 성례를 해 줘야 안 하지유. 밤낮 부려만 먹구 해 준다, 해 준다……."

"글쎄, 내가 안 하는 거냐, 그년이 안 크니까."

하고 어름어름 담배만 담으면서 하는 소리를 또 늘어놓는다. 이렇게 따져 나가면 언제든지 늘 나만 밑지고 만다. 이번엔 안 된다, 하고 대뜸 구장님한테로 판단 가자고 소맷자락을 내끌었다.

"아, 이 자식이 왜 이래 어른을."

안 간다고 뻗디디고 이렇게 호령을 제 맘대로 하지만 장인님 제가 내 기운을 못 당한다. 막 부려 먹고 딸은 안 주고, 게다 땅땅 치는 건 다 뭐야…….

그러나 내 사실 참 장인님이 미워서 그런 것은 아니다.

그 전날, 왜 내가 새고개 맞은 봉우리 화전 밭을 혼자 갈고 있지 않았느냐. 밭 가생이로 돌 적마다 야릇한 꽃내가 물컥물컥 코를 찌르고 머리 위에서 벌들은 가끔 붕, 붕, 소리를 친다. 바위 틈에서 샘물 소리밖에 안 들리는 산골짜기니까 맑은 하늘의 봄볕은 이불 속같이 따스하고 꼭 꿈꾸는 것 같다. 나는 몸이 나른하고 (몸살은 아직 모르지만) 병이 날려구 그러는지 가슴이 울렁울렁하고 이랬다.

"이러이! 말이! 맘 마 마……."

이렇게 노래를 하며 소를 부리면 여느 때 같으면 어깨가 으쓱 으쓱한다. 웬일인지 밭을 반도 갈지 않아서 온몸이 맥이 풀리고 대구 짜증만 난다. 공연히 소만 디립다 두들기며…….

"안야(밭갈이 하는 중에 소가 이랑에서 벗어났을 때 하는 말)! 안야! 망할 자식의 소(장인님의 소니까), 대리를 꺾어 들라."

그러나 내 속은 정말 안야 때문이 아니라 점심을 이고 온 점순이의 키를 보고 울화가 났던 것이다.

점순이는 뭐 그리 썩 예쁜 계집애는 못된다. 그렇다고 또 개떡이냐 하면 그런 것도 아니고, 꼭 내 아내가 돼야 할 만치 그저 툽툽하게 생긴 얼굴이다. 나보다 십 년이 아래니까 올해 열여섯인데 몸은 남보다 두 살이나 덜 자랐다. 남은 잘도 훤칠히들 크건만 이건 위아래가 뭉툭한 것이 내 눈에는 헐없이 감참외 같다. 참외 중에는 감참외가 제일 맛좋고 이쁘니까 말이다. 둥글고 커단 눈은 서글서글하니 좋고 좀 지처 찢어졌지만 입은 밥술이나 혹혹히 먹음직하니 좋다. 아따, 밥만 많이 먹게 되면 팔자는 고만 아니냐. 헌데 한 가지 파가 있다면 가끔 가다 몸이(장인님이 이걸 채신이 없이 들까분다고 하지만) 너무 빨리빨리 논다. 그래서 밥을 나르다가 때 없이 풀밭에다 깨빡을 쳐 흙투성이 밥을 곧잘 먹인다. 안 먹으면 무안해할까 봐서 이걸 씹고 앉았노라면

으적으적 소리만 나고 돌을 먹는 겐지 밥을 먹는 겐지······.

그러나 이날은 웬일인지 성한 밥채로 밭머리에 곱게 내려놓았다. 그리고 또 내외를 해야 하니까 저만큼 떨어져 이쪽으로 등을 향하고 웅크리고 앉아서 그릇 나기를 기다린다.

내가 다 먹고 물러섰을 때 그릇을 챙기는데, 난 깜짝 놀라지 않았느냐. 고개를 푹 숙이고 밥 함지에 그릇을 포개면서 날더러 들으라는지, 혹은 제 소린지,

"밤낮 일만 하다 말 텐가!"

하고 혼자서 쭝얼거린다. 고대(지금 막) 잘 내외하다가 이게 무슨 소린가, 하고 난 정신이 얼떨떨했다. 그러면서도 한편 무슨 좋은 수나 없는가 싶어서 나도 공중을 대고 혼잣말로,

"그럼 어떡해?"

하니까,

"성례시켜 달라지 뭘 어떡해."

하고 되알지게 쏘아붙이고 얼굴이 빨개져서 산으로 그저 도망질을 친다.

나는 잠시 동안 어떻게 되는 심판인지 맥을 몰라서 그 뒷모양만 덤덤히 바라보았다.

봄이 되면 온갖 초목이 물이 오르고 싹이 트고 한다. 사람도 아마 그런가 보다, 하고 며칠 내에 부쩍 자란 듯싶은 점순이가

여간 반가운 것이 아니다.

이런 걸 멀쩡하게 안직 어리다구 하니까…….

우리가 구장님을 찾아갔을 때 그는 사립문 밖에 있는 돼지우리에서 죽을 퍼 주고 있었다. 서울엘 좀 갔다 오더니 사람은 점잖아야 한다고 윗쇔이(얼른 보면 지붕 위에 앉은 제비 꼬랑지 같다.) 양쪽으로 뾰죽히 삐치고 그걸 에헴, 하고 늘 쓰담는 손버릇이 있다.

우리를 멀뚱히 쳐다보고 미리 알아챘는지,

"왜 일들 허다 말구 그래?"

하더니 손을 올려서 그 에헴을 한 번 후딱 했다.

"구장님! 우리 장인님과 처음에 계약하기를…….."

먼저 덤비는 장인님을 뒤로 떠다밀고 내가 허둥지둥 달려들다가 가만히 생각하고,

"아니, 우리 빙장님과 츰에."

하고 첫 번부터 다시 말을 고쳤다. 장인님은 빙장님, 해야 좋아하고 밖에 나와서 장인님, 하면 괜스레 골을 내려고 든다. 뱀도 뱀이래야 좋으냐구, 창피스러우니 남 듣는 데는 제발 빙장님, 빙모님, 하라구 일상 당조짐(정신을 차리도록 단단히 조짐)을 받아 오면서 난 그것두 자꾸 잊는다.

당장도 장인님, 하다 옆에서 내 발등을 꾹 밟고 곁눈질을 흘

기는 바람에야 겨우 알았지만…….

구장님도 내 이야기를 자세히 듣더니 퍽 딱한 모양이었다. 하기야 구장님뿐만 아니라 누구든지 다 그럴 게다.

길게 길러 둔 새끼손톱으로 코를 후벼서 저리 탁 튀기며,

"그럼 봉필 씨! 얼른 성례를 시켜 주구려, 그렇게까지 제가 하구 싶다는걸!"

하고 내 짐작대로 말했다. 그러나 이 말에 장인님이 삿대질로 눈을 부라리고,

"아 성례구 뭐구 계집애년이 미처 자라야 할 게 아닌가?"

하니까 고만 멀쑤룩해서 입맛만 쩍쩍 다실 뿐이 아닌가.

"그것두 그래!"

"그래, 거진 사 년 동안에도 안 자랐다니 그 킨 언제 자라지유? 다 그만두구 사경 내슈…….."

"글쎄, 이 자식아! 내가 크질 말라구 그랬니, 왜 날 보구 떼냐?"

"빙모님은 참새만 한 것이 그럼 어떻게 애를 낳지유?"

(사실 장모님은 점순이보다도 귓배기 하나가 작다.)

장인님은 이 말을 듣고 껄껄 웃더니 (그러나 암만 해두 돌 씹은 상이다.) 코를 푸는 척하고 날 은근히 곯리려고 팔꿈치로 옆 갈비께를 퍽 치는 것이다.

더럽다. 나두 종아리의 파리를 쫓는 척하고 허리를 구부리며 그 궁둥이를 콱 떼밀었다. 장인님은 앞으로 우찔근하고 싸리문께로 쓰러질 듯하다 몸을 바로 고치더니 눈총을 몹시 쏘았다. 이런 상년의 자식, 하곤 싶으나 남의 앞이라서 차마 못하고 섰는 그 꼴이 보기에 퍽 쟁그러웠다.

그러나 이밖에는 별반 신통한 귀정(歸正)을 얻지 못하고 도로 논으로 돌아와서 모를 부었다. 왜냐면 장인님이 뭐라구 귓속말로 수군수군하고 간 뒤다. 구장님이 날 위해서 조용히 데리고 아래와 같이 일러 주었기 때문이다. (뭉태의 말은 구장님이 장인님에게 땅 두 마지기 얻어 부치니까 그래 꾀었다고 하지만 난 그렇게 생각 않는다.)

"자네 말두 하기야 옳지, 암 나이 찼으니 아들이 급하다는 게 잘못된 말은 아니야. 허지만 농사가 한층 바쁜 때 일을 안 한다든가 집으로 달아난다든가 하면 손해죄루 그것두 징역을 가거든! (여기에 그만 정신이 번쩍 났다.) 왜 요전에 삼포말(춘천시에 있는 마을 이름)서 산에 불 좀 놓았다구 징역 간 거 못 봤나. 제 산에 불을 놓아도 징역을 가는 이땐데 남의 농사를 버려 주니 죄가 얼마나 더 중한가. 그리고 자넨 정장(呈狀, 고소장을 관청에 바침)을 (사경 받으러 정장 가겠다 했다.) 간대지만 그러면 괜시리 죄를 들쓰고 들어가는 걸세. 결혼두 그렇지. 법률에 성년이란 게 있는데 스물하나가 돼야지 비로소 결혼을 할 수가 있는 걸세. 자넨 물론 아들이 늦을 걸 염려하지만 점순이루 말하면 이제 겨우 열여섯이 아닌가. 그렇지만 아까 빙장님의 말씀이, 올 갈에는 열일을 제치고라두 성례를 시켜 주겠다 하시니 좀 고마울 겐가. 빨리 가서 모 붓든 거나 마저 붓게, 군소리 말구 어서 가."

그래서 오늘 아침까지 끽소리 없이 왔다.

장인님과 내가 싸운 것은 지금 생각하면 전혀 뜻밖의 일이라 안 할 수 없다. 장인님으로 말하면 요즈막 작인들에게 행세를 좀 하고 싶다고 해서,

"돈 있으면 양반이지 별 게 있느냐!"

하고 일부러 아랫배를 쑥 내밀고 걸음도 뒤틀리게 걷고 하는 이판이다. 이까짓 나쯤 두들기다 남의 땅을 가지고 모처럼 닦아 놓았던 가문을 망친다든가 할 어른이 아니다. 또 나로 논지면 아무쪼록 잘 봬서 점순이에게 얼른 장가를 들어야 하지 않느냐······.

이렇게 말하자면, 결국 어젯밤 뭉태네 집에 마실 간 것이 썩 나빴다. 낮에는 구장님 앞에서 장인님과 내가 싸운 것을 어떻게 알았는지 대구 빈정거리는 것이 아닌가.

"그래 맞구두 그걸 가만둬?"

"그럼 어떡허니?"

"임마, 봉필일 모판에다 거꾸로 박아 놓지 뭘 어떡해?"

하고 괜히 내 대신 화를 내 가지고 주먹질을 하다 등잔까지 쳤다. 놈이 본시 괄괄은 하지만 그래 놓고 날더러 석유 값을 물라구 막 지다위(남에게 허물을 덮어씌우거나 떼를 쓰는 짓)를 붙는다. 난 어안이 벙벙해서 잠자코 앉았으니까 저만 연신 지껄이는 소리가,

"밤낮 일만 해 주구 있을 테냐?"

"영득이는 일 년을 살구두 장갈 들었는데 넌 사 년이나 살구두 더 살아야 해?"

"네가 세 번째 사윈 줄이나 아니? 세 번째 사위."

"남의 일이라도 분하다. 이 자식아, 우물에 가 빠져 죽어."

나중에는 겨우 손톱으로 목을 따라고까지 하고, 제 아들같이 함부로 훅딱이었다. 별의별 소리를 다해서 그대로 옮길 수는 없으나 그 줄거리는 이렇다…….

우리 장인님 딸이 셋이 있는데 맏딸은 재작년 가을에 시집을 갔다. 정말은 시집을 간 것이 아니라 그 딸도 데릴사위를 해 가지고 있다가 내보냈다. 그런데 딸이 열 살 때부터 열아홉, 즉 십 년 동안에 데릴사위를 갈아들이기를, 동리에선 사위 부자라고 이름이 났지마는 열 놈이란 참 너무 많다. 장인님이 아들은 없

고 딸만 있는 고로 그담 딸을 데릴사위를 해 올 때까지는 부려먹지 않으면 안 된다. 물론 머슴을 두면 좋지만 그 돈이 드니까, 일 잘하는 놈을 고르느라고 연방 바꿔 들였다. 또 한편 놈들이 욕만 줄창 퍼붓고 심히도 부려먹으니까 밸이 상해서 달아나기도 했겠지. 점순이는 둘째 딸인데 내가 일테면 그 세 번째 데릴사위로 들어온 셈이다. 내 담으로 네 번째 놈이 들어올 것을 내가 일도 참 잘하고 그리고 사람이 좀 어수룩하니까 장인님이 잔뜩 붙들고 놓질 않는다. 셋째 딸이 인제 여섯 살, 적어도 열 살은 돼야 데릴사위를 할 테므로 그동안은 죽도록 부려먹어야 된다. 그러니 인제는 속 좀 차리고 장가를 들여 달라구 떼를 쓰고 나자빠져라, 이것이다.

나는 건으로 엉, 엉, 하며 귓등으로 들었다. 뭉태는 땅을 얻어 부치다가 떨어진 뒤로는 장인님만 보면 공연히 못 먹어서 으릉거린다. 그것도 장인님이 저 달라고 할 적에 제 집에서 위한다는 그 감투를 선뜻 주었더면 그럴 리도 없었던 걸…….

그러나 나는 뭉태란 놈의 말을 전수히 곧이듣지 않았다. 꼭 곧이들었다면 간밤에 와서 장인님과 싸웠지 무사히 있었을 리가 없지 않은가. 그러면 딸에게까지 인심을 잃은 장인님이 혼자 나빴다.

실토이지 나는 점순이가 아침상을 가지고 나올 때까지는 오늘은 또 얼마나 밥을 담았나, 하고 이것만 생각했다. 상에는 된장찌개하고 간장 한 종지, 조밥 한 그릇, 그리고 밥보다 더 수부룩하게 담은 산나물이 한 대접, 이렇다. 나물은 점순이가 틈틈이 해 오니까 두 대접이고 네 대접이고 멋대로 먹어도 좋으나 밥은 장인님이 한 사발 외엔 더 주지 말라고 해서 안 된다. 그런데 점순이가 그 상을 내 앞에 내려놓으며 제 말로 지껄이는 소리가,

"구장님한테 갔다 그냥 온담 그래!"

하고 엊그제 산에서와 같이 되우 쫑알거린다. 딴은 내가 더 단단히 덤비지 않고 만 것이 좀 어리석었다, 속으로 그랬다. 나도 저쪽 벽을 향하여 외면하면서 내 말로,

"안 된다는 걸 그럼 어떡헌담!"

하니까,

"쇰을 잡아채지 그냥 둬, 이 바보야?"

하고 또 얼굴이 빨개지면서 성을 내며 안으로 샐쭉하니 톼 들어가지 않느냐.

이때 아무도 본 사람이 없었기 망정이지 보았다면 내 얼굴이 에미 잃은 황새 새끼처럼 가엾다고 했을 것이다.

사실 이때만치 슬펐던 일이 또 있었는지 모른다. 다른 사람은 암만 못생겼다 해두 괜찮지만 내 아내 될 점순이가 병신으로 본

다면 참 신세는 따분하다. 밥을 먹은 뒤 지게를 지고 일터로 가려 하다 도로 벗어 던지고 바깥마당 공석(벼를 담지 않은 빈 섬) 위에 드러누워서 나는 차라리 죽느니만 같지 못하다 생각했다.

내가 일 안 하면 장인님 저는 나이가 먹어 못하고 결국 농사 못 짓고 만다. 뒷짐으로 트림을 꿀꺽하고 대문 밖으로 나오다 날 보고서,

"이 자식아, 왜 또 이러니?"

"관격(關格, 먹은 음식이 갑작스럽게 체하여 가슴이 꽉 막히고 정신을 잃는 위급한 병)이 났어유, 아이구 배야!"

"기껏 밥 처먹고 나서 무슨 관격이야, 남의 농사 버려 주면 이 자식아 징역 간다 봐라!"

"가두 좋아유, 아이구 배야!"

참말 난 일 안 해서 징역 가도 좋다 생각했다. 일후 아들을 낳아도 그 앞에서 바보, 바보, 이렇게 별명을 들을 테니까 오늘은 열 쪽이 난대도 결정을 내고 싶었다.

장인님이 일어나라고 해도 내가 안 일어나니까 눈에 독이 올라서 저편으로 힝하게 가더니 지게막대기를 들고 왔다. 그리고 그걸로 내 허리를 마치 돌 떠넘기듯이 쿡 찍어서 넘기고 넘기고 했다. 밥을 잔뜩 먹어 딱딱한 배가 그럴 적마다 퉁겨지면서 밸창(창자)이 꼿꼿한 것이 여간 켕기지 않았다. 그래도 안 일어나

니까 이번에는 배를 지게막대기로 위에서 쿡쿡 찌르고 발길로 옆구리를 차고 했다. 장인님은 원체 심술이 궂어서 그러지만 나도 저만 못하지 않게 배를 채였다. 아픈 것을 눈을 꽉 감고 넌 해라, 난 재밌단 듯이 있었으나 볼기짝을 후려갈길 적에는 나도 모르는 결에 벌떡 일어나서 그 수염을 잡아챘다마는 내 골이 난 것이 아니라 정말은 아까부터 부엌 뒤 울타리 구멍으로 점순이가 우리들의 꼴을 몰래 엿보고 있었기 때문이다.

가뜩이나 말 한마디 톡톡히 못한다고 바보라는데 매까지 잠자코 맞는 걸 보면 짜장 바보로 알 게 아닌가. 또 점순이도 미워하는 이까짓 놈의 장인님하곤 아무것도 안 되니까 막 때려도 좋지만 사정 보아서 수염만 채고(제 원대로 했으니까 이때 점순이는 퍽 기뻤겠지.) 저기까지 잘 들리도록,

"이걸 까셀라부다(두들겨 팰까 보다)!"

하고 소리를 쳤다.

장인님은 더 약이 바짝 올라서 잡은 참 지게막대기로 내 어깨를 그냥 내리갈겼다. 정신이 다 아찔하다. 다시 고개를 들었을 때 그때엔 나도 온몸에 약이 올랐다. 이 녀석의 장인님을, 하고 눈에서 불이 퍽 나서 그 아래 밭 있는 낭(낭떠러지) 아래로 그대로 떠밀어 굴려 버렸다. 조금 있다가 장인님이 싹씩 하고 한 번 해 보려고 기어오르는 걸 얼른 또 떼밀어 굴려 버렸다.

기어오르면 굴리고 굴리면 기어오르고 이러길 한 너덧 번을 하며 그럴 적마다,

"부려만 먹구 왜 성례 안 하지유!"

나는 이렇게 호령했다. 하지만 장인님이 선뜻 오냐 낼이라도 성례시켜 주마, 했으면 나도 성가신 걸 그만두었을지 모른다. 나야 이러면 때린 건 아니니까 나중에 장인 쳤다는 누명도 안 들을 터이고 얼마든지 해도 좋다.

한 번은 장인님이 헐떡헐떡 기어서 올라오더니 내 바짓가랑이를 요렇게 노리고서 단박 움켜잡고 매달렸다. 악, 소리를 치고 나는 그만 세상이 다 팽그르 도는 것이,

"빙장님! 빙장님! 빙장님!"

"이 자식! 잡아먹어라, 잡아먹어!"

"아! 아! 할아버지! 살려 줍쇼, 할아버지!"

하고 두 팔을 허둥지둥 내절 적에는 이마에 진땀이 쭉 내솟고 인젠 참으로 죽나 보다 했다. 그래두 장인님은 놓질 않더니 내가 기어이 땅바닥에 쓰러져서 거진 까무러치게 되니까 놓는다. 더럽다, 더럽다. 이게 장인님인가? 나는 한참을 못 일어나고 쩔쩔맸다. 그러나 얼굴을 드니 (눈엔 참 아무것도 보이지 않았다.) 사지가 부르르 떨리면서 나도 엉금엉금 기어가 장인님의 바짓가랑이를 꽉 움키고 잡아 낚았다.

내가 머리가 터지도록 매를 얻어맞은 것이 이 때문이다. 그러나 여기가 또한 우리 장인님이 유달리 착한 곳이다. 여느 사람이면 사정을 주어서라도 당장 내쫓았지, 터진 머리를 볼 솜으로 손수 지져 주고, 호주머니에 희연 한 봉을 넣어 주고 그리고,

"올 갈엔 꼭 성례를 시켜 주마. 암만 말구 가서 뒷골의 콩밭이나 얼른 갈아라."

하고 등을 뚜덕여 줄 사람이 누구냐. 나는 장인님이 너무나 고마워서 어느덧 눈물까지 났다. 점순이를 남기고 인젠 내쫓기려니 하다 뜻밖의 말을 듣고,

"빙장님! 인제 다시는 안 그러겠어유!"

이렇게 맹세를 하며 부랴부랴 지게를 지고 일터로 갔다.

그러나 이때는 그걸 모르고 장인님을 원수로만 여겨서 잔뜩 잡아당겼다.

"아! 아! 이놈아! 놔라, 놔."

장인님은 헛손질을 하며 솔개미에 챈 닭의 소리를 연해 질렀다. 놓긴 왜, 이왕이면 호되게 혼을 내주리라 생각하고 짓궂이 더 댕겼다마는 장인님이 땅에 쓰러져서 눈에 눈물이 피잉 도는 것을 알고 좀 겁도 났다.

"할아버지! 놔라, 놔, 놔, 놔라."

그래도 안 되니까,

"애 점순아! 점순아!"

이 악장에 안에 있었던 장모님과 점순이가 헐레벌떡하고 단숨에 뛰어 나왔다.

나의 생각에 장모님은 제 남편이니까 역성을 할는지도 모른다. 그러나 점순이는 내 편을 들어서 속으로 고소해하겠지……. 대체 이게 웬 속인지 (지금까지도 난 영문을 모른다.)아버질 혼내 주기는 제가 내래 놓고 이제 와서는 달겨들며,

"에그머니! 이 망할 게 아버지 죽이네!"

하고, 내 귀를 뒤로 잡아당기며 마냥 우는 것이 아니냐. 그만 여기에 기운이 탁 꺾이어 나는 얼빠진 등신이 되고 말았다. 장모님도 덤벼들어 한쪽 귀마저 뒤로 잡아채면서 또 우는 것이다.

이렇게 꼼짝도 못하게 해 놓고 장인님은 지게막대기를 들어서 사뭇 내려 조졌다. 그러나 나는 구태여 피하려 하지도 않고 암만해도 그 속을 알 수 없는 점순이의 얼굴만 멀거니 들여다보았다.

"이 자식! 장인 입에서 할아버지 소리가 나오도록 해?"

동백꽃

 오늘도 또 우리 수탉이 막 쫓기었다. 내가 점심을 먹고 나무를 하러 갈 양으로 나올 때이었다. 산으로 올라서려니까, 등 뒤에서 푸드득푸드득하고 닭의 횃소리가 야단이다. 깜짝 놀라서 고개를 돌려 보니 아니나다르랴 두 놈이 또 얼리었다.

 점순네 수탉(대강이가 크고 똑 오소리같이 실팍하게 생긴 놈)이 덩저리('덩치'의 속어) 작은 우리 수탉을 함부로 해내는 것이다. 그것도 그냥 해내는 것이 아니라 푸드득하고 면두('볏'의 사투리. 닭 따위의 머리에 세로로 붙은 살 조각)를 쪼고 물러섰다가 좀 사이를 두고 또 푸드득하고 모가지를 쪼았다. 이렇게 멋을 부려 가며 여지없이 닦아 놓는다. 그러면 이 못생긴 것은 쪼일 적마다 주둥이로 땅을 받으며 그 비명이 킥킥할 뿐이다. 물론 미처 아물지도 않은 면두를 또 쪼이어 붉은 선혈이 뚝뚝 떨어진다. 이걸 가만히 내려다보자니 내 대강이가 터져서 피가 흐르는 것 같이 두 눈에 불이 번쩍 난다. 대뜸 지게막대기를 메고 달려들어 점순네 닭을 후려칠까 하다가 생각을 고쳐먹고 헛매질로 떼어만 놓았다.

이번에도 점순이가 쌈을 붙여 놨을 것이다. 바짝바짝 내 기를 올리느라고 그랬음에 틀림없을 것이다. 고놈의 계집애가 요새로 들어서 왜 나를 못 먹겠다고 고렇게 아르렁거리는지 모른다.

나흘 전 감자 조각만 하더라도 나는 저에게 조금도 잘못한 것은 없다. 계집애가 나물을 캐러 가면 갔지 남 울타리 엮는데 쌩이질(한창 바쁠 때에 쓸데없는 일로 남을 귀찮게 구는 일)을 하는 것은 다 뭐냐? 그것도 발소리를 죽여 가지고 등 뒤로 살며시 와서,

"얘! 너 혼자만 일하니?"

하고 긴치 않은 수작을 하는 것이다.

어제까지도 저와 나는 이야기도 잘 않고, 서로 만나도 본척만척하고 이렇게 점잖게 지내던 터이련만 오늘로 갑작스레 대견해졌음은 웬일인가. 항차 망아지만 한 계집애가 남 일하는 놈보구…….

"그럼 혼자 하지 떼루 하듸?"

내가 이렇게 내뱉는 소리를 하니까,

"너 일하기 좋니?"

또는,

"한여름이나 되거든 하지 벌써 울타리를 하니?"

잔소리를 두루 늘어놓다가 남이 들을까 봐 손으로 입을 틀어막고는 그 속에서 깔깔대인다. 별로 우스울 것도 없는데 날씨가 풀리더니 이놈의 계집애가 미쳤나 하고 의심하였다. 게다가 조금 뒤에는 저의 집께를 할끔할끔 돌아보더니 행주치마의 속으로 꼈던 바른손을 뽑아서 나의 턱 밑으로 불쑥 내미는 것이다. 언제 구웠는지 아직도 더운 김이 홱 끼치는 굵은 감자 세 개가 손에 뿌듯이 쥐였다.

"느 집엔 이거 없지?"

하고 생색 있는 큰소리를 하고는 제가 준 것을 남이 알면 큰일 날 테니 여기서 얼른 먹어 버리란다. 그리고 또 하는 소리가,

"너 봄 감자가 맛있단다."

"난 감자 안 먹는다, 너나 먹어라."

나는 고개도 돌리려지 않고 일하던 손으로 그 감자를 도로 어깨 너머로 쑥 밀어 버렸다. 그랬더니 그래도 가는 기색이 없고, 뿐만 아니라 쌔근쌔근하고 심상치 않게 숨소리가 점점 거칠어진다. 이건 또 뭐야 싶어서, 그때에야 비로소 돌아다보니 나는

참으로 놀랐다. 우리가 이 동네에 들어온 것은 근 삼 년째 되어 오지만 여태껏 가무잡잡한 점순이의 얼굴이 이렇게까지 홍당무처럼 새빨개진 법이 없었다. 게다 눈에 독을 올리고 한참 나를 요렇게 쏘아보더니 나중에는 눈물까지 어리는 것이 아니냐. 그리고 바구니를 다시 집어 들더니 이를 꼭 악물고는 엎어질 듯 자빠질 듯 논둑으로 힁하게 달아나는 것이다.

어쩌다 동리 어른이,

"너 얼른 시집을 가야지?"

하고 웃으면,

"염려 마세유. 갈 때 되면 어련히 갈라구……."

이렇게 천연덕스레 받는 점순이었다. 본시 부끄럼을 타는 계집애도 아니거니와 또한 분하다고 눈에 눈물을 보일 얼병이도 아니다. 분하면 차라리 나의 등어리를 바구니로 한 번 모질게 후려때리고 달아날지언정.

그런데 고약한 그 꼴을 하고 가더니 그 뒤로는 나를 보면 잡아먹으려고 기를 북북 쓰는 것이다. 설혹 주는 감자를 안 받아먹은 것이 실례라 하면, 주면 그냥 주었지 '느 집엔 이거 없지?'는 다 뭐냐. 그러잖아도 저희는 마름이고 우리는 그 손에서 배재를 얻어 땅을 부치므로 일상 굽실거린다. 우리가 이 마을에 처음 들어와 집이 없어서 곤란으로 지낼 제, 집터를 빌리고 그

위에 집을 또 짓도록 마련해 준 것도 점순네의 호의였다. 그리고 우리 어머니, 아버지도 농사 때 양식이 달리면 점순이네한테 가서 부지런히 꾸어다 먹으면서 인품 그런 집은 다시없으리라고 침이 마르도록 칭찬하곤 하는 것이다. 그러면서도 열일곱씩이나 된 것들이 수군수군하고 붙어 다니면 동네의 소문이 사납다고 주의를 시켜 준 것도 또 어머니였다. 왜냐하면 내가 점순이하고 일을 저질렀다가는 점순네가 노할 것이고 그러면 우리는 땅도 떨어지고 집도 내쫓기고 하지 않으면 안 되는 까닭이었다. 그런데 이놈의 계집애가 까닭 없이 기를 북북 쓰며 나를 말려 죽이려고 드는 것이다.

눈물을 흘리고 간 다음 날 저녁나절이었다. 나무를 한 짐 잔뜩 지고 산을 내려오려니까 어디서 닭이 죽는 소리를 친다. 이거 뉘 집에서 닭을 잡나, 하고 점순네 울 뒤로 돌아오다가 나는 고만 두 눈이 똥그랬다. 점순이가 저희 집 봉당에 홀로 걸터앉았는데 이게 치마 앞에다 우리 씨암탉을 꼭 붙들어 놓고는,

"이놈의 닭! 죽어라, 죽어라."

요렇게 암팡스레 패 주는 것이 아닌가. 그것도 대가리나 치면 모른다마는 아주 알을 못 낳으라고 그 볼기짝께를 주먹으로 콕콕 쥐어박는 것이다.

나는 눈에 쌍심지가 오르고 사지가 부르르 떨렸으나 사방을

한 번 휘둘러보고야 그제서 점순이 집에 아무도 없음을 알았다. 잡은 참 지게막대기를 들어 울타리의 중턱을 후려치며,

"이놈의 계집애! 남의 닭 알 못 낳으라구 그러니?"
하고 소리를 빽 질렀다.

그러나 점순이는 조금도 놀라는 기색이 없고, 그대로 의젓이 앉아서 제 닭 가지고 하듯이 또 죽어라, 죽어라 하고 패는 것이다. 이걸 보면 내가 산에서 내려올 때를 겨냥해 가지고 미리부터 닭을 잡아 가지고 있다가 네 보란 듯이 내 앞에 쥐지르고 있음이 확실하다. 그러나 나는 그렇다고 남의 집에 뛰어 들어가 계집애하고 싸울 수도 없는 노릇이고, 형편이 썩 불리함을 알았다. 그래 닭이 맞을 적마다 지게막대기로 울타리를 후려칠 수밖에 별도리가 없다. 왜냐하면 울타리를 치면 칠수록 울섶이 물러앉으며 뼈대만 남기 때문이다. 하나 아무리 생각하여도 나만 밑지는 노릇이다.

"아, 이년아! 남의 닭 아주 죽일 터이냐?"

내가 도끼눈을 뜨고 다시 꽥 호령을 하니까, 그제서야 울타리께로 쪼루루 오더니, 울 밖에 섰는 나의 머리를 겨누고 닭을 내팽개친다.

"에이 더럽다! 더럽다!"

"더러운 걸 널더러 여태껏 끼고 있으랬니? 망할 계집애년 같

으니"

하고 나도 더럽단 듯이 울타리께를 힁하게 돌아내리며 약이 오를 대로 다 올랐다, 라고 하는 것은 암탉이 풍기는 서슬에 나의 이마빼기에다 물찌똥을 찍 갈겼는데 그걸 본다면 알집만 터졌을 뿐 아니라 골병은 단단히 든 듯싶다.

그리고 나의 등 뒤를 향하여 나에게만 들릴 듯 말 듯한 음성으로,

"이 바보 녀석아!"

"얘! 너 배냇병신이지?"

그만도 좋으련만,

"얘! 너 느 아버지가 고자라지?"

"뭐? 울 아버지가 그래 고자야?"

할 양으로 열벙거지가 나서 고개를 홱 돌리어 바라봤더니 그때까지 울타리 위로 나와 있어야 할 점순이의 대가리가 어디 갔는지 보이지를 않는다. 그러나 돌아서서 오자면 아까에 한 욕을 울 밖으로 또 퍼붓는 것이다. 욕을 이토록 먹어 가면서도 대거리 한마디 못하는 걸 생각하니, 돌부리에 채이어 발톱 밑이 터지는 것도 모를 만큼 분하고 급기야는 두 눈에 눈물까지 불끈 내솟는다.

그러나 점순이의 침해는 이것뿐이 아니다. 사람들이 없으면

틈틈이 제 집 수탉을 몰고 와서 우리 수탉과 쌈을 붙여 놓는다. 제 집 수탉은 썩 험상궂게 생기고 쌈이라면 홰를 치는 고로 으레 이길 것을 알기 때문이다. 그래서 툭하면 우리 수탉이 면두며 눈깔이 피로 흐드르하게 되도록 해 놓는다. 어떤 때에는 우리 수탉이 나오지를 않으니까 요놈의 계집애가 모이를 쥐고 와서 꾀어내다가 쌈을 붙인다.

이렇게 되면 나도 다른 배차를 차리지 않을 수 없었다. 하루는 우리 수탉을 붙들어 가지고 넌지시 장독께로 갔다. 쌈닭에게 고추장을 먹이면 병든 황소가 살모사를 먹고 용을 쓰는 것처럼 기운이 뻗친다 한다. 장독에서 고추장 한 접시를 떠서 닭 주둥아리께로 들이밀고 먹여 보았다. 닭도 고추장에 맛을 들였는지 거스르지 않고 거진 반 접시 턱이나 곧잘 먹는다. 그리고 먹고 금시는 용을 못 쓸 터이므로 얼마쯤 기운이 돌도록 홰 속에다 가두어 두었다.

밭에 두엄을 두어 짐 져내고 나서 쉴 참에 그 닭을 안고 밖으로 나왔다. 마침 밖에는 아무도 없고 점순이만 저희 울안에서 헌옷을 뜯는지 혹은 솜을 터는지 웅크리고 앉아서 일을 할 뿐이다. 나는 점순네 수탉이 노는 밭으로 가서 닭을 내려놓고 가만히 맥을 보았다. 두 닭은 여전히 얼리어 쌈을 하는데 처음에는 아무 보람이 없었다. 멋지게 쪼는 바람에 우리 닭은 또 피를 흘리고, 그러면서도 날갯죽지만 푸드득푸드득하고 올라뛰고 뛰고 할 뿐으로 제법 한 번 쪼아 보지도 못한다. 그러나 한 번은 어쩐 일인지 용을 쓰고 펄쩍 뛰더니 발톱으로 눈을 하비고 내려오며 면두를 쪼았다. 큰 닭도 여기에는 놀랐는지 뒤로 멈씰하며 물러난다. 이 기회를 타서 작은 우리 수탉이 또 날쌔게 덤벼들어 다시 면두를 쪼니 그제서는 감때사나운 그 대강이에서도 피가 흐르지 않을 수 없었다.

'옳다, 알았다. 고추장만 먹이면 되는구나.'

하고 나는 속으로 아주 쟁그러워 죽겠다. 그때에는 뜻밖에 내가 닭쌈을 붙여 놓는 데 놀라서 울 밖으로 내다보고 섰던 점순이도 입맛이 쓴지 눈살을 찌푸렸다. 나는 두 손으로 볼기짝을 두드리며 연방,

"잘한다! 잘한다!"

하고, 신이 머리끝까지 뻗치었다.

그러나 얼마 되지 않아서 나는 넋이 풀리어 기둥같이 묵묵히 서 있게 되었다. 왜냐하면 큰 닭이 한 번 쪼인 앙갚음으로 허들갑스리 연거푸 쪼는 서슬에 우리 수탉은 찔끔 못하고 막 곯는다. 이걸 보고서 이번에는 점순이가 깔깔거리고 되도록 이쪽에서 많이 들으라고 웃는 것이다.

나는 보다 못하여 덤벼들어서 우리 수탉을 붙들어 가지고 도

로 집으로 들어왔다. 고추장을 좀 더 먹였더라면 좋았을걸 너무 급하게 쌈을 붙인 것이 퍽 후회가 난다. 장독께로 돌아와서 다시 턱밑에 고추장을 들이댔다. 흥분으로 말미암아 그런지 당최 먹질 않는다. 나는 하릴없이 닭을 반듯이 눕히고 그 입에다 궐련 물부리를 물리었다. 그리고 고추장 물을 타서 그 구멍으로 조금씩 들이부었다. 닭은 좀 괴로운지 킥킥 하고 재채기를 하는 모양이나 그러나 당장의 괴로움은 매일같이 피를 흘리는 데 댈 게 아니라 생각하였다.

그러나 한 두어 종지 가량 고추장물을 먹이고 나서 나는 고만 풀이 죽었다. 싱싱하던 닭이 왜 그런지 고개를 살며시 뒤틀고는 손아귀에서 뻐드러지는 것이 아닌가. 아버지가 볼까 봐서 얼른 홰에다 감추어 두었더니 오늘 아침에서야 겨우 정신이 든 모양 같다.

그랬던 걸 이렇게 오다 보니까 또 쌈을 붙여 놓으니 이 망할 계집애가 필연 우리 집에 아무도 없는 틈을 타서 제가 들어와 홰에서 꺼내 가지고 나간 것이 분명하다. 나는 다시 닭을 잡아다 가두고 염려스러우나 그렇다고 산으로 나무를 하러 가지 않을 수도 없는 형편이었다. 소나무 삭정이를 따며 가만히 생각해 보니 암만해도 고년의 목쟁이를 돌려놓고 싶다. 이번에 내려가면 망할 년 등줄기를 한 번 되게 후려치겠다 하고 싱둥겅둥 나무를 지고는 부리나케 내려왔다.

거지반 집에 다 내려와서 나는 호드기 소리를 듣고 발이 딱 멈추었다. 산기슭에 널려 있는 굵은 바윗돌 틈에 노란 동백꽃이 소보록하니 깔리었다.

그 틈에 끼어 앉아서 점순이가 청승맞게시리 호드기를 불고 있는 것이다. 그보다도 더 놀란 것은 고 앞에서 또 푸드득푸드득하고 들리는 닭의 횃소리다. 필연코 요년이 나의 약을 올리느라고 또 닭을 집어내다가 내가 내려올 길목에서 쌈을 시켜 놓고 저는 그 앞에 앉아서 천연스레 호드기를 불고 있음에 틀림없으리라.

나는 약이 오를 대로 다 올라서 두 눈에서 불과 함께 눈물이 퍽 쏟아졌다. 나무지게도 벗어 놓을 새 없이 그대로 내동댕이치고는 지게막대기를 뻗치고 허둥지둥 달려들었다.

가까이 와 보니 과연 나의 짐작대로 우리 수탉이 피를 흘리고 거의 빈사지경에 이르렀다. 닭도 닭이려니와 그러함에도 불구하고 눈 하나 깜짝 없이 고대로 앉아서 호드기만 부는 그 꼴에 더욱 치가 떨린다. 동네에서도 소문이 났거니와 나도 한때는 걱실걱실히 일 잘 하고 얼굴 예쁜 계집애인 줄 알았더니 시방 보니까 그 눈깔이 꼭 여우새끼 같다.

나는 대뜸 달려들어서 나도 모르는 사이에 큰 수탉을 단매로 때려 엎었다. 닭은 푹 엎어진 채 다리 하나 꼼짝 못하고 그대로 죽어 버렸다. 그리고 나는 멍하니 섰다가 점순이가 매섭게 눈을 홉뜨고 닥치는 바람에 뒤로 벌렁 나자빠졌다.

"이놈아! 너 왜 남의 닭을 때려죽이니?"

"그럼 어때?"

하고 일어나다가,

"뭐 이 자식아! 뉘 집 닭인데?"

하고, 복장을 떼미는 바람에 다시 벌렁 자빠졌다. 그러고 나서 가만히 생각을 하니 분하기도 하고 무안도 스럽고, 또 한편 일을 저질렀으니 이젠 땅이 떨어지고 집도 내쫓기고 해야 될는지 모른다. 나는 비슬비슬 일어나며 소맷자락으로 눈을 가리고는 얼김에 엉, 하고 울음을 놓았다. 그러나 점순이가 앞으로 다가와서,

"그럼 너 이담부턴 안 그럴 테냐?"

하고 물을 때에야 비로소 살 길을 찾은 듯싶었다. 나는 눈물을 우선 씻고 뭘 안 그러는지 명색도 모르건만,

"그래!"

하고 무턱대고 대답하였다.

"요담부터 또 그래 봐라, 내 자꾸 못살게 굴 테니."

"그래 그래. 인젠 안 그럴 테야."

"닭 죽은 건 염려 마라. 내 안 이를 테니."

그리고 뭣에 떠다 밀렸는지 나의 어깨를 짚은 채 그대로 퍽 쓰러진다. 그 바람에 나의 몸뚱이도 겹쳐서 쓰러지며 한창 피어 퍼드러진 노란 동백꽃 속으로 폭 파묻혀 버렸다.

알싸한 그리고 향긋한 그 냄새에 나는 땅이 꺼지는 듯이 온 정신이 고만 아찔하였다.

"너 말 말아!"

"그래!"

조금 있더니 요 아래서,

"점순아! 점순아! 이년이 바느질하다 말구 어딜 갔어?"

하고 어딜 갔다 온 듯싶은 그 어머니가 역정이 대단히 났다.

점순이가 겁을 잔뜩 집어먹고 꽃 밑을 살금살금 기어서 산 알(아래)로 내려간 다음 나는 바위를 끼고 엉금엉금 기어서 산 위로 치빼지 않을 수 없었다.

땡볕

 우람스레 생긴 덕순이는 바른팔로 왼편 소맷자락을 끌어다 콧등의 땀방울을 훑고는 통안 네거리에 와 다리를 딱 멈추었다. 더위에 익어 얼굴이 벌거니 사방을 둘러본다. 중복허리의 뜨거운 땡볕이라 길 가는 사람은 저편 처마 밑으로만 배앵뱅 돌고 있다. 지면은 번들번들히 닳아 자동차가 지날 적마다 숨이 탁 막힐 만치 무더운 먼지를 풍겨 놓는 것이다.
 덕순이는 아무리 참아 보아도 자기가 길을 물어 좋을 만치 그렇게 여유 있는 얼굴이 보이지 않음을 알자, 소맷자락으로 또 한 번 땀을 훑어 본다. 그리고 거북한 표정으로 벙벙히 섰다. 때마침 옆으로 지나가는 어린 깍쟁이에게 공손히 손짓을 한다.

"애! 대학병원을 어디루 가니?"

"이리루 곧장 가세요!"

덕순이는 어린 깍쟁이가 턱으로 가리킨 대로 그 길을 북으로 접어들며 다시 내걷기 시작한다. 내딛는 한 발짝마다 무거운 지게는 어깨에 배기고 등줄기에서 쏟아져 내리는 진땀에 궁둥이는 쓰라릴 만치 물렀다. 속 타는 불김을 입으로 불어 가며 허덕지덕 올라오다 엄지손가락으로 코를 힝 풀어 그 옆 전봇대 허리에 쓱 문댈 때에는 그는 어지간히 가슴이 답답하였다. 당장 지게를 벗어 던지고 푸른 그늘에 가 나자빠지고 싶은 생각이 굴뚝 같으련만 그걸 못 하니 짜증이 안 날 수 없다. 골피를 찌푸리어 데퉁스레,

"빌어먹을 거! 왜 이리 무거!"

하고 내뱉으려 하였으나, 그러나 지게 위에서 무색하여질 아내를 생각하고 꾹 참아 버린다. 제 속으로만 끙끙거리다 겨우,

"에이 더웁다!"

하고 자탄이 나올 적에 더는 갈 수가 없었다.

덕순이는 길가 버들 밑에다 지게를 벗어 놓고는 두 손으로 적삼 등을 흔들어 땀을 들인다. 바람기 한 점 없는 거리는 그대로 타 붙었고, 그 위의 모래만 이글이글 달아 간다. 하늘을 치어다보았으나 좀체로 비 맛은 못 볼 듯싶어 바상바상한 입맛을 다시

고 섰을 때 별안간 땡땡 소리와 함께 발등에 물을 뿌리고 물차가 지나가니 그는 비로소 산 듯이 정신기가 반짝 난다. 적삼 호주머니에 손을 넣어 곰방대를 꺼내 물고 담배 한 대 붙이려 하였으나 훌쭉한 쌈지에는 어제부터 담배 한 알 없었던 것을 다시 깨닫고 역정스레 도로 집어넣는다.

"꽁무니가 배기지 않어?"

덕순이는 이렇게 아내를 돌아본다.

"괜찮아요."

하고 거진 죽어 가는 상으로 글썽글썽 눈물이 고인 아내가 딱하였다. 두 달 동안이나 햇빛 못 본 얼굴은 누렇게 시들었고 병약한 몸으로 지게 위에 앉아 까댁이는 양이 금시라도 꺼질 듯싶은 그 아내였다. 덕순이는 아내를 이윽히 노려본다.

"아, 울긴 왜 우는 거야?"

하고 눈을 부라렸으나,

"병원에 가면 쨀대겠지요."

"쨀긴 아무거나 덮어놓고 째나? 연구한다니까."

하고 되도록 아내를 안심시킨다. 그러나 덕순이 생각에는 째든 말든 그건 차차 해 놓고 우선 먹어야 산다고,

"왜 기영이 할아버지의 말씀 못 들었어?"

"병원서 월급을 주구 고쳐 준다는 게 정말인가요?"

"그럼 노인이 설마 거짓말을 헐라구. 그래 시방두 대학병원의 이등 박산가 뭐가 열네 살 된 조선 아이가 어른보다도 더 부대한 걸 보구 하두 이상한 병이라고 붙잡아 들여서 한 달에 십원씩 월급을 주고, 그뿐인가 먹이구 입히구 이래 가며 지금 연구하고 있대지 않어?"

"그럼 나도 허구한 날 늘 병원에만 있게 되겠구려."

"인제 가 봐야 알지, 어떻게 될는지."

이렇게 시원스레 받기는 받았으나 덕순이 자신 역시 기영 할아버지의 말을 꼭 믿어서 좋을지가 의문이었다. 시골서 올라온 지 얼마 안 되는 그로서는 서울 일이라 혹 알 수 없을 듯싶어 무료 진찰권을 내온 데 더 되지 않았다. 그렇다 하더라도 병이 괴상하면 할수록 혹은 고치기가 어려우면 어려울수록 월급이 많다는 것인데 영문 모를 아내의 이 병은 얼마짜리나 되겠는가고 속으로 무척 궁금하였다. 아이가 십 원이라니 이건 한 십오 원쯤 주겠는가. 그렇다면 병 고치니 좋고, 먹으니 좋고, 두루두루 팔자를 고치리라고 속 안으로 육조판을 늘이고 섰을 때,

"여보십쇼! 이 채미 하나 잡숴 보십쇼."

하고 저만치 참외를 벌여 놓고 앉았는 아이가 시선을 끌어 간다. 길쭘길쭘하고 성성한 놈들이 과연 뜨거운 복중에 하나 벗겨 들고 으썩 깨물어 봄직한 참외였다. 덕순이는 참외를 이놈 저놈

멀거니 물색하여 보다 쌈지에 든 잔돈 사 전을 얼른 생각은 하였으나 다음 순간에 그건 안 될 말이라고 꺽진 마음으로 시선을 걷어 온다. 사 전에 일 전만 더 보태면 희연 한 봉이 되리라고 어제부터 잔뜩 꼽여 쥐고 오던 그 사 전, 이걸 참외 값으로 녹여서는 사람이 아니다.

"지게를 꼭 붙들어!"

덕순이는 지게를 지고 다시 일어나며 그 십오 원을 생각했던 것이니 그로서는 너무도 벅찬 희망의 보행이었다.

덕순이는 간호부가 지도하여 주는 대로 산부인과 문밖에서 제 차례가 돌아오기를 기다리고 있었다.

아내는 남편이 업어다 놓은 대로 걸상에 가 번듯이 늘어져 괴로운 숨을 견디지 못한다. 요량 없이 부어오른 아랫배를 한 손으로 치마째 걷어 안고는 매 호흡마다 간댕거리는 야윈 고개로 가쁜 숨을 돌리고 있는 것이다. 게다가 수술실에서 들것으로 담아 내는 환자의 피고름이 섞인 쓰레기통을 보는 것은 그로 하여금 해쓱한 얼굴로 이를 떨도록 하기에는 너무도 충분한 풍경이었다.

"너무 그렇게 겁내지 말아. 그래두 다 죽을 사람이 병원엘 와야 살아 나가는 거야……."

덕순이는 아내를 위안하기 위하여 이런 소리도 하는 것이나 기실 아내 못지않게 저도 조바심이 적지 않았다. 아내의 이 병이 무슨 병일까, 짜장 기이한 병이라서 월급을 타 먹고 있게 될 것인가, 또는 아내의 병을 씻은 듯이 고쳐 줄 수 있겠는가, 겸삼수삼 모두가 궁거웠다.

이 생각 저 생각으로 덕순이는 아내의 상체를 떠받쳐 주고 있다가 우연히도 맞은편 타구 옆댕이에 가 떨어져 있는 궐련 꽁댕이에 한눈이 팔린다. 그는 사방을 잠깐 살펴보고 횡허케 가서 집어다가는 곰방대에 피워 물며 제 차례를 기다렸으나 좀체로 불러 주질 않는 것이다. 이렇게 하여 그들은 허무히도 두 시간을 보냈다. 한점을 십사 분가량 지났을 때 간호부가 다시 나와 덕순이 아내의 성명을 외는 것이다.

"네, 여기 있습니다!"

덕순이는 허둥지둥 아내를 들쳐 업고 진찰실로 들어갔다.

간호부 둘이 달려들어 우선 옷을 벗기고 주무를 제 아내는 놀란 토끼와 같이 조그맣게 되어 떨고 있었다. 코를 찌르는 무더운 약내에 소름이 끼치기도 하려니와 한쪽에 번쩍번쩍 늘여 놓인 기계가 더욱이 마음을 조이게 하는 것이다. 아내가 너무 병신스레 떨므로 옆에 섰는 덕순이까지도 겸연쩍지 않을 수 없었다. 아내의 한 팔을 꼭 붙들어 주고 집에서 꾸짖듯이 눈을 부릅

떠서,

"뭐가 무섭다구 이래?"

하고는 유리판에서 기계 부딪는 젤그럭 소리에 등줄기가 다 섬뜩할 제,

"은제부터 배가 이래요?"

간호부가 뚱뚱한 의사의 말을 통변한다.

"자세히는 몰라두……."

덕순이는 이렇게 머리를 긁고는 아마 이토록 부르기는 지난 겨울부턴가 봐요, 처음에는 이게 애가 아닌가 했던 것이 그렇지도 않구요, 애라면 열 달에 날 텐데,

"열석 달씩이나 가는 게 어딨습니까?"

하고는 아차, 애니 뭐니 하는 건 괜히 지껄였군 하였다. 그래 의사가 무어라고 또 입을 열 수 있기 전에 얼른 뒤미처,

"아무도 이 병이 무슨 병인지 모른다고 그래요, 난생 처음 본다구요."

하고 몇 마디 더 얹었다.

덕순이는 자기네들의 팔자를 고칠 수 있고 없고가 이 순간에 달렸음을 또 한 번 깨닫고 열심히 의사의 입만 쳐다보고 있는 것이다. 마는 금테 안경 쓴 의사는 그리 쉽사리 입을 열려 하지 않았다. 몇 번을 거듭 주물러 보고 두드려 보고 들어 보고 이러

기를 얼마 한 다음 시답지 않게 저쪽으로 가 대야에 손을 씻어 가며 간호부를 통하여 하는 말이,

"이 뱃속에 어린애가 있는데요, 나올려다 소문이 적어서 그대로 죽었어요. 이걸 그냥 둔다면 앞으로 일주일을 못 갈 것이니 수술을 해야 하겠으나 또 그 결과가 반드시 좋다고 단언할 수도 없는 것이며 배를 가르고 아이를 꺼내다 만일 사불여의하여 불행을 본다더라도 전혀 관계없다는 승낙만 있으면 내일이라도 곧 수술을 하겠어요."

하고 나 어린 간호부는 조금도 거리낌 없는 어조로 줄줄 쏟아 놓다가,

"어떻게 하실 테야요?"

"글쎄요······."

덕순이는 이렇게 얼떨떨한 낯으로 다시 한 번 뒤통수를 긁지 않을 수 없었다.

간호부의 말이 무슨 소린지 다는 모른다 하더라도 속대중으로 저쯤은 알아챘던 것이니 아내의 생명이 위험하다는 그 말이 두렵기도 하려니와 겨우 아이를 뱄다는 것쯤, 연구거리는 못 되는 병인 양 싶어 우선 낙심하고 마는 것이다. 하나 이왕 버린 노릇이매,

"그럼 먹을 것이 없는데요······."

"그건 여기서 입원시키고 먹일 것이니까 염려 마셔요……."
"그런데요 저……."
하고 덕순이는 열쩍은 낯을 무얼로 가릴지 몰라 쭈뼛쭈뼛,
"월급 같은 건 안 주나요?"
"무슨 월급이요?"
"왜 여기서 병을 고치면 월급을 주는 수도 있다지요."
"제 병 고쳐 주는데 무슨 월급을 준단 말이요?"
하고 맨망스리로 톡 쏘는 바람에 덕순이는 고만 얼굴이 벌개지고 말았다. 팔자를 고치려던 그 계획이 완전히 어그러졌음을 알자, 그의 주린 창자는 척 꺾이며 두꺼운 손으로 이마의 진땀이나 훑어보는밖에 별도리가 없는 것이다. 하나 아내의 생명은 어차피 건져야 하겠기로 공손히 허리를 굽신하여,
"그럼 낼 데리고 올게, 어떻게 해 주십시오."
하고 되도록 빌붙어 보았던 것이, 그때까지 끔찍한 소리에 얼이 빠져서 멀뚱히 누웠던 아내가 별안간 기겁을 하여 일어나 살똥맞은 목성으로,
"나는 죽으면 죽었지 배는 안 째요."
하고 얼굴이 노랗게 되는 데는 더 할 말이 없었다. 죽이더라도 제 원대로나 죽게 하는 것이 혹은 남편 된 사람의 도릴지 모른다. 아내의 꼴에 하도 어이가 없어,

"죽는 거보담야 수술을 하는 게 좀 낫겠지요!"

비소를 금치 못하고 섰는 간호부와 의사가 눈에 보이지 않도록, 덕순이는 시선을 외면하여 뚱싯뚱싯 아내를 업고 나왔다. 지게 위에 올려놓은 다음 엎디어 다시 지고 일어나려니 이게 웬일일까, 아까 오던 때와는 갑절 무거웠다.

덕순이는 얼마 전에 희망이 가득히 차 올라가던 길을 힘 풀린 걸음으로 터덜터덜 내려오고 있었다. 보지는 않아도 지게 위에서 소리를 죽여 훌쩍훌쩍 울고 있는 아내가 눈앞에 환한 것이다. 학식이 많은 의사는 일자무식인 덕순이 내외보다는 더 많이 알 것이니 생명이 한 이레를 못 가리라던 그 말을 어째 볼 도리가 없다. 인제 남은 것은 우중충한 그 냉골에 갖다 다시 눕혀 놓고 죽을 때나 기다리고 있을 따름이다.

덕순이는 눈 위로 덮는 땀방울을 주먹으로 훔쳐 가며 장차 캄캄하여 올 그 전도를 생각해 본다. 서울을 장대고 왔던 것이 벌이도 제대로 안 되고 게다가 인젠 아내까지 잃는 것이다. 지에미 붙을! 이놈의 팔자가, 하고 딱한 탄식이 목을 넘어오다가 꽉 깨무는 바람에 한숨으로 터져 버린다.

한나절이 되자 더위는 더한층 무서워진다.

덕순이는 통째 짓무를 듯싶은 등어리를 견디지 못하여 먼젓번에 쉬어 가던 나무 그늘에 지게를 벗어 놓는다. 땀을 들여가며 아내를 가만히 내려다보니 그동안 고생만 시키고 변변히 먹이지도 못하였던 것이 갑자기 후회가 나는 것이다. 이럴 줄 알았더라면 동넷집 닭이라도 훔쳐다 먹였을 걸 싶어,

"울지 말아, 그것들이 뭘 아나 제까짓 게!"
하고 소리를 빽 지르고는,

"채미 하나 먹어 볼 테야?"

"채민 싫어요."

아내는 더위에 속이 탔음인지 한길 건너 저쪽 그늘에서 팔고 있는 얼음냉수를 손으로 가리킨다. 남편이 한 푼 더 보태어 담배를 사려던 그 돈으로 얼음냉수를 한 그릇 사다가 입에 먹여까지 주니 아내도 황송하여 한숨에 들이켠다. 한 그릇을 다 먹고 나서 하나 더 사다 주랴 물었을 때 이번에는 왜떡이 먹고 싶다 하였다. 덕순이는 이것이 마지막이라는 생각으로 나머지 돈으로 왜떡 세 개를 사다 주고는 그대로 눈물도 씻을 줄 모르고 그걸 오직오직 깨물고 있는 아내를 이윽히 바라보고 있었다. 그러나 아내가 무슨 생각을 하였는지 왜떡을 입에 문 채 훌쩍훌쩍 울며,

"저 사촌 형님께 쌀 두 되 꿔다 먹은 거 부대 잊지 말구 갚우."
하고 부탁할 제 이것이 필연 아내의 유언이라 깨닫고는,

"그래 그건 염려 말아!"

"그리구 임자 옷은 영근 어머니더러 사정 얘길 하구 좀 빨아 달래우."
하고 이야기를 곧잘 하다가 다시 입을 일그리고 훌쩍훌쩍 우는 것이다.

덕순이는 그 유언이 너무 처량하여 눈에 눈물이 핑 돌아 가지고는 지게를 도로 지고 일어선다. 얼른 갖다 눕히고 죽이라도 한 그릇 더 얻어다 먹이는 것이 남편의 도릴 게다.

때는 중복허리의 쇠뿔도 녹이려는 뜨거운 땡볕이었다.

덕순이는 빗발같이 내려붓는 등골의 땀을 두 손으로 번갈아 훔쳐 가며 끙끙 내려올 제 아내는 지게 위에서 그칠 줄 모르는 그 수많은 유언을 차근차근 남기자, 울자, 하는 것이다.

김유정 대표 단편선 해설

소낙비 / 금 따는 콩밭 / 노다지
만무방 / 봄봄 / 동백꽃 / 땡볕

■ **작가에 대하여**

김유정 [金裕貞, 1908. 1. 11. ~ 1937. 3. 29.]

김유정의 소설은 해학성과 토속성이라는 두 가지 특징을 지닌다. 우직하고 무능력한 주인공을 내세워 역설적인 웃음을 보여 주는 작품에 해학성이 주로 드러난다면, 강원도의 깊은 산골을 배경으로 그곳에서 일어나는 일들을 담담하게 그려 내는 작품에 토속성이 드러난다. 그는 주로 농촌 현실을 제재로 삼되 토착적 유머와 해학을 드러내면서 우리 문학의 새로운 경지를 보여 주었다. 궁핍한 상태에 있는 농촌이지만, 그가 소설의 세계로 끌어들이면 웃음으로 승화된다. 그러한 그의 근본적인 힘은 인간에 대한 애정이라 할 수 있다.

김유정의 소설은 일제 강점기하의 농촌의 궁핍상과 순박한 생활상을 향토적 정서와 토속적 어휘로 표현함으로써 독자에게 웃음을 안겨 준다. 주요 작품으로는 〈금 따는 콩밭〉, 〈봄봄〉, 〈산골〉, 〈동백꽃〉, 〈산골 나그네〉 등이 있다.

소낙비

◆**작품 개관**

이 작품은 1930년대 일제 강점기의 가난한 농촌 현실과 무지하고 생산력 없는 유랑 농민의 삶을 다룬 빈궁 소설이다. 절망적인 상황에서 매음을 해서라도 살아갈 수밖에 없는 하층민의 비정상적인 삶이 동정 어린 웃음으로 긍정적이고 해학적으로 그려지고 있다.

◆**주요 등장인물**

춘호 흉작과 빚으로 고향을 떠나온 이농민. 노름으로 일확천금을 노리는 기회주의자. 노름 밑천을 구하기 위해 아내를 매음하게 하는 주변머리 없는 인물.

춘호 처 어려운 생활 속에서도 불평하지 않고 성실하게 살아가는 여인. 남편에게 복종하며 내조하나 남편의 강요에 의해 이 주사에게 몸을 파는 여인으로 전락하는 인물.

◆줄거리

삼 년 전 흉작과 빚쟁이의 위협 때문에 고향을 떠나 어린 아내와 산골 마을에 온 춘호는 근처의 도박판에서 한몫 잡아 서울로 뜰 생각을 한다. 그러나 밑천 이 원이 없어 며칠째 그는 아내를 때리며 돈을 구해 오라고 구박한다. 매를 맞고 뛰쳐나온 춘호 처는 돈을 구할 방도를 생각하다가, 쇠돌 엄마가 이 주사의 첩 노릇을 하며 팔자가 편 것을 생각하며 쇠돌 엄마를 찾아간다. 그곳에서 춘호 처는 이 주사가 아무도 없는 쇠돌네 집에 들어가는 것을 본다. 소낙비를 맞고 있던 춘호 처는 처음에는 잠시 망설이지만 이내 쇠돌 엄마를 찾는 양 이 주사만 있는 집으로 들어선다. 소낙비에 젖어 드러난 여체를 본 이 주사는 춘호 처를 탐하고, 그 대가로 논을 부치게 하고 돈 이 원도 주기로 한다. 안심한 춘호 처는 돌아와 남편에게 돈이 구해질 것이라 말한다. 이튿날, 춘호는 처를 자기 손으로 곱게 단장시켜 이 주사에게 보낸다.

◆작가와 작품
가난한 농민에게 가깝게 다가간 김유정

김유정 문학 세계의 가장 큰 특징은 향토적이고 토속적인 농촌 현실을 아름답고 서정적으로 다루고 있다는 점이다. 그러나 그의 작품이 모두 서정적인 것은 아니다. 〈소낙비〉에 나오는 농민들은 흉작과 빚으로 인해 고향을 등지고 야반도주한 이농민이다. 이들은 산골에서 터를 잡고 살려고 하지만 농촌의 환경은 그들에게 그리 긍정적인 공간이 아니다. 이러한 농민들의 삶의 모습을 김유정은 비판적 시선으로 보지 않는다. 오히려 그들의 비정상적인 삶의 방식을 동정 어린 시선으로 바라보며 그 속에 숨겨진 농촌 현실의 구조적 모순을 간접적으로 비판한다.

◆작품의 구조
소나기형 소설의 특징으로 작품 읽기

'소나기형 소설'의 특징은 다음과 같다. 첫째, 비교적 평화롭거나 일상적인 생활 속에서 갑작스럽게 뜻밖의 사고가 일어난다. 둘째, 사고는 매우 짧은 시간에 일어난다. 셋째, 소나기가 그치면 다시 평화로운 일상으로 돌아간다. 이러한 '소나기형 소설'의 특징을 이 작품에 적용해 볼 수 있다.

이 작품의 발단은 소낙비가 내릴 것 같은 자연 묘사로 시작한다. 이후 춘호의 강요로 인해 춘호 처는 쇠돌 엄마에게 돈을 빌리러 갔다가 우연히 이 주사와 갑작스레 불륜의 관계를 맺게 된다. 이 과정에서 소낙비는 춘호 처를 윤리적으로 부도덕한 생활에 빠지도록 부추기는 역할을 한다. 이 둘의 비윤리적 행위는 매우 짧은 시간에 일어나고 끝난다. 하지만 춘호 처는 이 주사와의 불륜 관계가 일어난 후에도 아무런 일이 없었다는 듯이 다시 평온한 일상으로 돌아간다. 오히려 그 일상은 불륜 관계 이전의 모습보다도 평온해졌다고도 할 수 있다.

◆작품의 감상과 수용

생의 절박함으로 보는 윤리 문제

이 작품 속에 나오는 춘호와 춘호 처의 윤리 의식은 오늘날의 일반적인 도덕 관점에서 보면 매우 충격적일 수밖에 없다. 아내에게 노름 밑천을 위해 폭력을 행사하는 남편과 남편의 강요에 아무런 죄의식 없이 이 주사에게 매음을 하는 춘호 처의 행동은 오늘날 우리가 쉽게 받아들일 수 없는 행동이다. 그럼에도 불구하고 우리는 작품 속 두 인물을 강하게 비판할 수만은 없다. 그 이유는 이들에게 윤리 의식을 바르게 하는 것이 이들의 가난을 해결해 주지는 못하기 때문이다. 이들에게 윤리 의식을 지키는 것은 너무 차원이 높고, 고상한 이념에 지나지 않는다.

◆**작품에 반영된 현실**

정상과 비정상의 경계가 무너진 식민지 농촌의 현실

김유정 소설에는 소위 '들병이'로 불리는 유랑민이 자주 등장한다. '들병이'란 남편 있는 여인이 시골 주막을 전전하며 술과 몸을 파는 것을 말한다. 이 작품 속에서는 '들병이'가 되는 춘호 처의 모습이 등장한다. 순진하고 내조적 인물인 춘호 처는 남편의 구박과 매를 견디지 못하고 '들병이'가 되는 것을 죄의식 없이 받아들인다. 이러한 행위는 결국 식민지 농촌의 극단적인 가난은 하층민들로 하여금 정상과 비정상의 경계를 허물게 할 정도로 힘든 것이었음을 느낄 수 있게 한다.

금 따는 콩밭

◆**작품 개관**

이 작품은 1930년대에 농촌까지 불어닥친 금광 개발 신드롬을 바탕으로 한다. 이 작품은 금광 열풍 속에 점점 피폐해져 가는 농촌 사회의 변화 모습과 일확천금을 꿈꾸던 허황된 인물들의 욕망과 몰락을 보여 준다.

◆**주요 등장인물**

수재 농사는 하지 않고 금점으로 돌아다니며 일확천금을 꿈꾸는 허황된 인물. 영식을 꾀어 멀쩡한 콩밭을 망치게 한다.

영식 순박하고 성실한 농민으로 한순간 수재의 꾐에 빠져 잘 가꾼 콩밭을 뒤엎고 금맥을 찾는 어리석은 인물.

영식 처 영식이 금맥을 찾도록 옆에서 부추기는 허영에 찬 인물. 처음과 달리 사건이 진행되면서 성격이 바뀐다.

◆ 줄거리

순진하고 성실한 농민인 영식은 금점판을 헤매며 일확천금을 꿈꾸던 친구 수재의 꾐에 빠져 금줄을 찾기 위해 추수를 앞둔 콩밭을 파헤친다. 마름과 동네 노인들은 농사를 버리고 금줄 찾기에 정신이 팔려 있는 영식과 수재에게 벼락 맞는다며 호통을 치지만 이들은 귀담아 듣지 않는다. 여러 날이 지나도 금줄을 찾지 못하자 영식은 불안해하지만 수재는 금줄을 찾을 수 있다고 호언장담한다. 영식은 걱정스런 마음에 산신에 제사를 지내려 없는 살림에도 불구하고 아내에게 곡식을 빌려 오게 한다. 시간이 흘러도 금줄을 찾을 기미가 보이지 않자 영식은 수재와 다투는 날이 많아진다. 또한 영식의 생활은 가을 추수를 하는 다른 농민들에 비해 더욱더 궁핍해지고 영식과 아내의 갈등도 심해진다. 상황이 점점 악화되자 수재는 금줄을 찾았다고 거짓말을 하고 밤에 달아날 생각을 한다.

◆ 작가와 작품

완곡하게 꼬집는 김유정만의 풍자성

김유정의 풍자는 강한 공격성보다는 대상을 완곡하게 꼬집는 덜 계산된 풍자라고 할 수 있다. 〈금 따는 콩밭〉을 볼 때 비참한 농민들의 몰락은 등장인물들이 주고받는 대화나 행동을 통해 간접적으로 드러나고 인물의 내면을 통해서만 완곡하게 비판될 뿐이다. '섣부르게 농사만 짓고 있다간 결국 비렁뱅이밖에는 더 못된다. 얼마 안 있으면 산이고 논이고 밭이고 할 것 없이 다 금쟁이 손에 구멍이 뚫리고 뒤집히고 뒤죽박죽이 될 것이다.'와 같이 인물들의 내면을 통해 당대 금광 열풍에 대해 간접적으로 비판하거나, '벼락 맞느니, 벼락 맞어.', '콩밭에서 금을 딴다는 숙맥도 있담.'과 같이 인물들의 대화를 통해 허황된 꿈을 좇는 인물들에 대해 토속적이고 완곡하게 비판한다.

◆작품의 구조

'콩밭'과 '금줄'의 대립 구조

이 작품에서 콩밭은 전통적인 농경 문화를 상징하고, 금줄은 외부에서 새로이 유입된 물질주의를 상징한다. 콩밭을 대변하는 인물은 영식이고, 금줄을 대변하는 인물은 수재이다. 작품 초반에 수재가 영식을 찾아와 금줄을 함께 찾자고 하였을 때 영식은 거절한다. 하지만 그 거절은 오래가지 못한다. 이는 콩밭으로 상징되는 농촌의 현실이 옛날과 달리 궁핍해졌고, 새로이 유입된 물질주의의 강력한 유혹은 인물로 하여금 허황된 꿈을 가지게 하기에 충분하기 때문이다. 이 둘은 서로 대립하는 가치 속에서 금줄이라는 허황된 꿈으로 화해하지만 더 이상 금줄을 찾을 수 없다는 현실에 직면하게 되는 순간 극한적 대립 구조를 이루게 된다.

◆ **작품의 감상과 수용**

허황된 꿈을 좇는 이들에 대한 연민

순진하고 성실하던 영식은 수재와 아내의 부추김에 한순간 허황된 꿈을 좇게 됨으로써 불행한 결과를 맞게 된다. 그런데 이 작품을 다 읽고 나면 영식과 그의 아내를 강하게 비판하기 어렵다. 그 이유는 영식이가 처음부터 허황된 꿈을 가지고 있었던 것이 아니며, 그의 아내가 꿈꾸는 허영이 그리 심한 허영이 아니기 때문이다. 그들의 허영은 누구나 한 번쯤은 꿈꿀 수 있는 것이며, 그것이 살아가기 힘든 어려운 현실 속이라면 더욱더 이해할 수 있는 것이다. 작가는 이러한 그들의 비극적인 현실에 따뜻한 연민을 보내고 있다. 마지막 부분에 수재가 금줄을 찾았다고 거짓말하는 장면에서 아내와 다투던 영식이 기뻐하며 아내를 다시 사랑스럽게 위로해 주는 모습은 비판적이라기보다는 오히려 애처로움을 느끼게 해 준다.

◆작품에 반영된 현실

희망을 꿈꿀 수 없는 농촌의 현실

이 작품은 〈노다지〉, 〈금〉과 함께 1930년대 금광 개발의 열풍을 다룬 작품이다. 하지만 이 작품은 〈노다지〉와는 주제 면에서 차이점이 있다. 소설 〈노다지〉가 물질 앞에서 꽁보의 인간성이 어떻게 철저히 무너지는지를 보여 주는 데 초점이 놓였다면 〈금 따는 콩밭〉은 일확천금을 노리는 인물들의 허황된 꿈속에 숨겨진 궁핍한 농촌의 현실을 보여 주는 데 초점이 맞추어져 있다. 작품 속 사건을 깊이 있게 들여다보면 영식이 수재의 꾐에 넘어가지 않고 자신의 콩밭을 지켰다고 하더라도 영식의 삶이 더 나아질 것이 없다는 점이 드러난다.

노다지

◆작품 개관

〈노다지〉는 1935년에 〈조선중앙일보〉 신춘문예에 가선 입선된, '금'을 소재로 한 김유정의 첫 번째 작품이다. 1920년대부터 불어 닥친 금광 개발 열풍을 배경으로, 일확천금을 노리는 인물들이 '금'이라는 물질 앞에 인간성이 어떻게 무너져 가는지 사실적으로 보여 준다.

◆주요 등장인물

꽁보 힘은 없으나 금맥을 볼 줄 아는 인물. 더펄이에게 목숨을 구제받아 그를 '형'이라 부름. 그러나 '금'이라는 물질 앞에서 인간성이 무너짐.

더펄이 허우대도 크고, 힘이 세지만 금맥에 대한 지식은 없는 인물. 꽁보와 떠돌며 잠채를 하지만 후에 배신을 당함.

◆줄거리

꽁보는 잠채를 하다 발생한 시비에서 더펄이에게 목숨을 구제받고 그를 '형'이라 부른다. 그러던 어느 날 꽁보와 더펄이는 지나가던 주막 주인에게서 휴광 중인 금점 이야기를 듣고, 금을 캐러 한밤중에 몰래 숨어 들어간다. 금을 캘 시간을 기다리던 중 둘은 막걸리를 나눠 마시며 자신들의 신세에 대한 이야기를 나눈다. 그런 중에 꽁보는 자신의 목숨을 구해 준 신세도 갚을 겸 자신의 누이를 더펄이에게 시집보내겠다는 약속을 한다. 이 약속에 더펄이는 신이 나고 유달리 어둠에 겁을 많이 내는 꽁보를 업어 준다.

  산중턱의 구덩이에 이른 꽁보와 더펄이는 좁은 구덩이를 내려가 금맥을 찾는다. 위태로운 구덩이 속에서 그것이 무너질 것을 겁내던 꽁보는 한참 시간이 지난 후 한 덩이의 금돌을 캐낸다. 이에 같이 신이 난 더펄이는 자신이 나머지 금돌을 캐겠다고 말하고, 꽁보는 내심 더펄이의 적극적인 태도가 두려워진다. 금돌에 대한 욕심이 생긴 더펄이가 두 덩이의 금돌을 캐내었을 때 갑자기 구덩이가 무너지고 더펄이는 돌덩이에 깔린다. 그러나 더펄이의 비명과 도와 달라는 소리를 외면한 채, 꽁보는 캐낸 금돌만을 가지고 구덩이를 나와 유유히 사라진다.

◆작가와 작품

작가의 체험적 소설

1930년대 조선에 금광 개발 열풍이 불었던 것은 군비 확충과 현금을 확보하려는 일제의 식민 정책과 연결되어 있다. 일제는 조선에서의 금광 채굴에 적극적으로 나섰고, 많은 조선인은 일확천금을 꿈꾸고 금광 개발에 참여했다. 금광 개발에는 농민이나 도시 하층민뿐만 아니라 지식인층까지 적극적으로 그 열풍에 뛰어들었다. 여기에 이태준, 채만식, 김기진 등의 문인들도 합세했다. 김유정도 1932년경 매형의 권유로 금광 현장 감독을 맡으며 금광에서 생활했다. 이러한 금광에서의 체험이 〈노다지〉, 〈금〉, 〈금 따는 콩밭〉 등의 작품에 녹아들었다.

◆작품의 구조

복선이 숨겨진 치밀한 구성

작품 속에 복선이 치밀하게 배치될수록 작품의 인과성은 탄탄해지고 구성은 완결성을 얻는다. 이 작품 속에는 앞으로의 사건을 예측하게 하며, 인물의 자연스러운 심리 변화를 이끌어 내는 복선이 다양하게 사용되고 있다. 소설 속 배경이 되는 외딴 산골은 호랑이가 나타날 것 같은 을씨년스럽고 소름끼치는 분위기를 조성하며 인물의 심리를 불안하게 만들고 앞으로의 사건이 비극적으로 끝날 것을 예고한다. 또한 잠채를 하기 전 꽁보와 더펄이가 나누는 대화 속 내용을 통해 오늘도 그들이 잠채를 성공하지 못할 것이라는 점을 자연스레 예측하게 한다. 그리고 사건의 마지막 장면에서 더펄이가 보인 적극적인 행동은 꽁보를 불안하게 만들고, 이는 자연스레 꽁보가 그를 배신하게 하는 실마리를 마련해 준다.

◆작품의 감상과 수용
인물의 내면 심리 변화를 중심으로 감상하기
작가는 더펄이의 심리에 대해서는 겉으로 드러나는 면만을 서술할 뿐 내면을 자세히 서술하지 않는다. 그에 반해 꽁보의 내면은 깊이 있게 들여다본다. 처음 금돌을 발견했을 때 느끼는 반가움부터 시작해서 더펄이가 구덩이를 판다고 했을 때 느끼는 불안감과 배신에 대한 두려움까지 자세히 서술한다. 꽁보의 불안함은 노다지를 빼앗길 수 있는 데서 오는 불안감이다. 꽁보의 불안감은 점점 심화되다 결국 더펄이가 구덩이에 매몰될 때 그를 홀로 남겨 두고 유유히 그 자리를 떠나게 만든다. 작가는 이러한 인물의 내면 심리 변화를 치밀하게 서술한다.

◆**작품에 반영된 현실**

일확천금의 꿈과 좌절

1930년대 조선은 식민주의자와 지주들의 가혹한 수탈로 인해 많은 농민이 고향을 떠나 유랑민이 되거나 화전민으로 전락하던 시기였다. 또한 1929년 미국의 경제 대공항은 전 세계에 영향을 끼쳤고, 군비 확충과 무기 수매에 총력을 기울이던 일본에게도 심각한 타격을 주었다. 이러한 이유로 일본은 조선에서 금광 개발에 열을 올리게 되고, 그리하여 금광업이 고속으로 성장한다. 이러한 와중에 일부 조선인 중에는 금광 개발로 거부가 되는 사람들도 나타나기 시작했다. 희망을 잃고 힘들게 살아가던 조선인들에게 이러한 소식은 더욱 금광에 매진하게 만들었고, 상하 계층에 상관없이 많은 사람이 일확천금의 꿈을 안고 금광 개발에 뛰어들게 된다. 하지만 이러한 금광 개발의 꿈은 대부분의 사람들에게는 헛된 욕망으로 끝났고, 개발에 참여한 그들은 전보다 더 비극적인 생활을 맞이하게 되었다.

만무방

◆**작품 개관**

이 작품은 1930년대 일제 강점기하의 궁핍하고 피폐한 농촌의 현실과 순진하고 건실한 농민이 만무방과 같은 삶을 살 수밖에 없는 상황을 응칠, 응오 형제의 삶의 모습을 통해 비판하고 있다.

◆**주요 등장인물**

응칠 원래는 처자식이 있는 성실한 농민이었으나 소작료와 빚으로 인해 가족과 헤어지고 만무방이 된 인물. 마을을 떠돌며 절도, 노름 등을 하며 지내다가, 동생 응오가 보고 싶어 찾아오는 형제애가 있는 인물. 동생 응오에 비해 현실 대응 방식이 적극적이고 다혈질적인 성격의 소유자.

응오 성실하고 순박한 농민. 아내를 얻기 위해 삼 년간 성실하게 머슴을 할 정도로 순박한 인물. 그러나 아내가 병을 얻고, 자신의 농사 대가로 아무것도 얻지 못하는 비참한 현실을 인식하고, 결국 자신의 벼를 스스로 훔치는 만무방으로 전락함.

◆줄거리

응칠은 성실한 농민이었으나 오 년 전 밀린 소작료와 빚을 견디다 못해 가족과 이별하고 마을을 떠돌며 노름과 도적을 하는 만무방이 된다.

  응칠은 하나밖에 없는 동생 응오가 보고 싶어 그를 찾아온다. 여느 날처럼 깊은 산골에서 송이를 캐고 닭을 잡아먹으며 지내고 있던 응칠은 성팔이로부터 동생 응오가 벼를 도둑맞았다는 소식을 듣게 된다. 동생 응오는 병든 아내를 위해 변변한 약 한 번 못해 줄 만큼 궁핍한 생활을 하면서도 아내를 위해 마지막으로 산치성을 드리기로 하고 응칠에게 돈을 빌리려 하지만 응칠은 강하게 반대한다. 응칠은 이런 응오가 불쌍해 응오의 벼 도둑을 잡아 주고 마을을 떠나기로 결심한다. 도둑을 잡기 위해 산에 올라 잠복하고 있던 응칠은 복면을 한 도둑이 나타나자 몽둥이로 내리친다. 그런데 복면을 벗긴 도둑은 다름 아닌 동생 응오였다. 동생에 대한 배신감에 응칠은 충격을 받지만 이내 동생을 달래 같이 살 것을 권유한다. 하지만 이런 형의 권유를 뿌리치고 동생이 달아나자 응칠은 그를 몽둥이질하여 업고 고개를 내려온다.

◆작가와 작품
1930년대 독자적 문학 위치를 차지한 김유정
〈만무방〉은 김유정의 소설 가운데 사회성이 가장 뚜렷하게 드러난 작품 중의 하나이다. 하지만 이를 1920년대 프로 문학의 연장으로 파악하는 것은 적절하지 않다. 그렇다고 김유정의 소설을 이광수, 이무영, 심훈 등의 농촌 계몽 소설의 맥을 잇는 문학으로 보기에도 적절하지 않다. 김유정 자신도 야학을 열어 농촌 청년의 교육과 계몽에 힘쓰기는 했지만 그의 소설에서 그러한 지식인의 체험을 찾기는 어렵다. 김유정은 당시 농촌 계층의 비참한 삶을 계도해야 할 대상으로 보기보다는 자신의 삶과 연관되어 있는 일상으로 보았다. 이러한 농촌의 궁핍하고 피폐한 삶의 모습은 이 작품에도 응칠과 응오의 삶의 모습을 통해 잘 드러난다.

◆작품의 구조
반어(反語)가 보여 주는 작품의 묘미
마을 사람들은 만무방인 응칠의 삶을 부러운 눈으로 바라본다.

이는 당시의 사회가 응칠이와 같은 만무방이 되는 것이 더 살기 좋은 것임을 반어적으로 말하고 있다고 할 수 있다. 결국 '만무방' 은 그 당시 사회의 윤리와 도덕에 위배되는 사람이기보다는 모순된 사회가 빚어 낸 인간이라는 의미를 함축하는 반어적 의미인 것이다.

이 작품의 반어는 응오가 자신의 벼를 훔치는 장면에서도 발견된다. 형인 응칠은 동생의 벼 도둑을 잡기 위해 밤을 새며 기다리다 도둑을 잡는다. 그런데 복면을 벗긴 도둑은 다름 아닌 동생인 응오다. 이러한 예상을 뒤집는 상황적 반어는 독자들에게 예기치 않은 웃음을 주지만 그 이면에는 가혹한 농촌의 현실이 자리 잡고 있음을 깨닫게 한다.

◆ **작품의 감상과 수용**

만무방이 대우받는 사회

1930년대의 조선은 1929년 미국 경제 대공황의 영향과 일제의 군비 확충 및 무기 구입 등의 자금 조달을 위해 엄청난 수탈을 당한다. 조선의 농촌 역시 예외가 아니어서 일제는 농촌의 생산력을 늘리기 위해 농촌 진흥 운동이라는 미명 아래 지주와 마름, 소작농 제도를 합법화하며 더욱더 적극적으로 수탈하기 시작한다.

이러한 제도 아래에서 조선의 농민들은 높은 소작료와 도지세 등의 수탈과 빚에 허덕이며 가난하고 비극적인 삶을 살아가게 된다. 이는 농촌 공동체와 가족 공동체를 붕괴시켜 많은 이들을 유랑민과 화전민으로 전락하게 했으며, 응칠과 같은 만무방과 같은 생활을 하게 만들었다.

이 작품 속에서 보이는 응칠의 여유로운 삶은, 성실하게 농사지으며 살지만 힘든 삶을 살아가고 있는 응오의 삶과 대비되며 어떤 것이 바른 삶인지 다시 한 번 묻는다.

◆작품에 반영된 현실

농촌의 총체적 문제점을 말하다

이 작품에는 다양한 등장인물이 나온다. 응칠의 처는 응칠과의 궁핍한 생활을 견디다 못해 합의 이혼을 하고 갈라선다. 이렇듯 그 당시 농민들의 삶은 가족 공동체를 붕괴시킬 만큼 힘든 것이었다. 응오의 처는 가난한 농민의 아내로, 변변한 의료 서비스조차 받지 못한 채로 죽음을 기다린다. 성팔은 응칠과 같은 부류의 도적질을 하는 범죄자이다. 재성과 기호, 용구, 머슴, 상투쟁이 늙은이는 모두 산골 도박판에 빠져든 인물이다.

이들의 모습은 당시 농촌 사회에 노름이 음성적으로 뿌리내리고 있었음을 엿볼 수 있게 한다. 이렇듯 이 작품은 1930년대 당시 농촌 사회가 가지고 있던 총체적 문제들을 하나하나 우리에게 알려 주는 역할을 한다.

봄봄

◆작품 개관

이 작품은 농촌을 배경으로 우직하고 순박한 데릴사위가 그를 이용하는 교활한 장인과 혼인 문제를 중심으로 벌이는 갈등을 해학적이고 토속적으로 그린 작품이다. 또한 해학적 웃음 뒤에 농촌에 대한 날카로운 현실 인식이 숨어 있는 작품이기도 하다.

◆주요 등장인물

나 우직하고 순박한 청년. 혼인을 시켜 준다는 장인의 말에 속아 삼 년이 넘도록 일만 하는 어리숙한 인물. 귀가 얇아 남의 말을 잘 믿고, 현실 인식과 대처 능력이 부족하다.

점순 당돌하고 상황 판단이 빠르며, '나'와의 혼인에 대해 적극적인 인물. '나'에게 장인에게 대들라고 부추기지만 결국 자신의 아버지 편을 들어 '나'에게 충격을 준다.

장인(봉필) 딸들과의 혼인을 미끼로 여러 청년을 부려 먹는 교활하고 이기적인 인물. 남 앞에서 체면을 중시하며, 마름의 지위를 이용해 마을 사람들을 힘들게 한다.

◆줄거리

우직하고 순박한 '나'는 점순과의 혼례를 미끼로 삼 년이 넘도록 장인의 집에서 데릴사위 노릇을 한다. 삼 년 동안 사경 한 번 받지 않고 일만 하던 '나'는 장인에게 혼인을 얼른 성사시켜 달라고 조른다. 그때마다 장인은 점순의 키를 핑계로 '나'의 주장을 묵살한다. 그러던 어느 날 '나'는 마을의 구장에게 찾아가 억울함을 호소하며 도움을 요청한다. 그러나 구장 어른도 마을의 마름 지위를 가지고 있는 장인에게 섣불리 하지 못하고, '나'의 계획은 실패로 돌아간다. 이런 '나'에게 점순은 '바보'라고 놀리며 좀 더 적극적으로 장인에게 혼인 문제를 말할 것을 부추긴다. 이에 자극을 받은 '나'는 다시 한 번 장인을 찾아가 대판 몸싸움을 벌인다. 장인을 상대로 몸싸움에서 이기고 있던 '나'는 '나'의 편을 들어 줄 것이라고 믿었던 점순이 장인의 편을 들자 충격을 받는다. 이런 '나'에게 장인은 이번 가을에는 꼭 혼인을 시켜 줄 것을 약속하고 또 다시 '나'를 달랜다.

◆작가와 작품

구수한 강원도 사투리와 아름다운 우리말

김유정은 작품 속에 구수한 강원도 사투리를 비롯해 다양한 지방 사투리, 옛말, 새로 만든 말 등 아름답고 풍부한 우리말을 살려 썼다. 그의 이러한 특징은 잊혀져 가는 우리말을 다시 한 번 살아 숨 쉬게 했다는 점에서 의의가 크다. 〈봄봄〉에서도 김유정은 다양한 언어를 사용한다. '짜장(정말)', '거불지다(둥글고 두두룩하게 불거져 나오다.)', '번히(본디)', '호박개(뼈대가 굵고 털이 북실북실한 개)', '애벌논(논을 여러 번 맬 때에 그 첫 번째로 맨 논)', '안달재신(속을 끓이며 여기저기로 다니는 사람)' 등 잊혀져 가는 우리말을 문맥에 알맞게 사용하였다.

◆작품의 구조

시간의 역전을 통한 해학성의 극대화

이 작품은 시간적 순서에 따라 사건이 나열되어 있지 않다. 단편 소설이지만 다양한 장면을 입체적으로 구성하여 독자들이 사건을 이해하기 쉽도록 배치했다. 또한 그와 함께 작품의 절정과 결말의 순서가 뒤바뀌어 있다. 즉 장인과의 다툼 이후 '나'가 회유당하는 장면이 먼저 나오고, '나'와 장인이 싸우는 장면이 뒤에 나온다. 이렇듯 소설의 절정 부분을 작품의 마지막에 배치한 것은 독자들이 작품에 대해 가지는 긴장감과 해학성을 최대로 높이게 하기 위한 작가의 의도적 장치라고 할 수 있다.

◆ **작품의 감상과 수용**

일인칭 시점이 주는 효과

이 작품은 사건의 서술자가 어리숙한 '나'로 설정되어 있다. 그렇기 때문에 독자들은 무지하고 어리숙한 '나'의 우위에서 '나'라는 인물이 가진 어리숙하고 우스꽝스러운 면모를 충분히 발견하며 웃을 수 있게 된다. 또한 순박하고 정직한 '나'의 눈으로 당대 농촌이 가진 여러 문제점을 제시함으로써 독자들이 웃음을 잃지 않으면서도 간접적으로 당시의 농촌 사회가 가지고 있던 문제점이 무엇인지 발견할 수 있게 된다. 이렇게 작품에서 사용되는 일인칭 주인공 시점은 단순히 사건을 이끌어 나가는 중심 기능 이외에도 작품의 해학성을 높여 주는 데 매우 중요한 역할을 한다.

◆ **작품에 반영된 현실**

해학성 속에 숨은 작가의 날카로운 현실 인식

〈봄봄〉은 김유정의 작품 중에서도 해학성이 특히 뛰어나다. 하지만 이러한 김유정의 해학적 웃음 뒤에는 날카로운 현실 인식이 숨어 있다. 작품 속에서 '나'는 마을의 구장을 찾아가 자신의 억울함을 호소하지만, 구장도 마름인 장인의 땅을 부치고 있는 이상 그 억울함을 해소해 주지 못한다. 이는 마름이라는 강자가 머슴이라는 약자를 착취하는 당시의 사회상이 숨겨져 있다.

동백꽃

◆**작품 개관**

이 작품은 강원도 산골의 봄을 배경으로 산골 젊은 남녀의 순박한 사랑을 과장과 익살이 넘치는 토속적 어휘를 사용하여 향토적이고 해학적으로 표현했다.

◆**주요 등장인물**

나 소작인의 아들로 우직하고 순박한 청년. 점순이의 구애를 거절하나 결국 닭싸움을 계기로 그녀의 구애를 받아들인다.

점순 마름의 딸로 깜직스럽고 조숙한 처녀. 적극적인 구애 행위로 자기의 목적을 달성하는 개성적인 인물이다.

◆줄거리

소작인의 아들인 '나'는 마름의 딸인 점순이가 '나'의 집 수탉을 괴롭히는 장면을 목격한다. 나흘 전 점순이는 '나'에게 다가와 감자를 주었지만 '나'가 받지 않자 눈물까지 흘리며 돌아갔다. 그 뒤 점순이는 걸핏하면 자기 집 수탉을 몰고 와서 '나'의 집 수탉을 괴롭힌다. '나'는 '나'의 집 수탉이 점순이네 닭을 이길 수 있도록 고추장까지 먹이지만 제대로 싸워 보지 못하고 풀이 죽어 버린다. 어느 날 '나'는 나무를 하고 내려오다가 '나'의 집 수탉이 점순네 수탉에게 사정없이 쪼이는 것을 보고 화가 치밀어 그만 점순네 수탉을 지게 막대기로 때려 죽인다. 큰 일을 저질렀다고 후회하며 울음을 터트리는 '나'에게 점순이는 염려하지 말라며 달랜다. 순간 점순이가 '나'의 어깨를 짚고 넘어지는 바람에 '나'와 점순이는 함께 노란 동백꽃 속에 함께 파묻힌다. 점순이의 향긋한 냄새에 정신이 어찔해질 때 점순이 어머니가 부르는 소리를 듣자 점순이는 겁을 먹고 기어서 내려가고, '나'는 산으로 내뺀다.

◆작가와 작품

해학적 문체의 대가 김유정

김유정의 문학 세계는 본질적으로 희화적이고 골계적이다. 그의 세계에 대한 태도는 냉철하고 이지적인 현실 감각이나 비극적인 진지함보다는 희화적인 해학미가 넘쳐난다. 그의 문학 세계는 등장인물들의 우직하고 엉뚱한 행동, 해학적 진술과 표현, 아이러니, 육담과 구어적인 속어 감각 등으로 조형된 매우 특이한 세계이다. 해학적 문체를 통해 김유정은 어둡고 삭막한 농촌 현실과 그 속에서 살아가는 농민들의 생활 양식을 제시한다.

◆작품의 구조
인과 관계로 엮은 과거와 현재
이 작품의 발단은 과거의 사건 속에서 시작된다. 사건의 진행 과정에서 가장 핵심을 이루고 있는 것은 닭싸움인데 닭싸움은 '나'와 '점순이'의 갈등의 표면화이면서 애증의 교차이기도 하다. 따라서 순행적 구성으로 보면 닭싸움은 전개 부분에 와야 할 사건이지만, 이것이 첫머리에 오고 그 다음에 닭싸움이 생기게 된 원인을 설명하는 식으로 진행된다. 며칠 전 감자 사건으로 점순의 비위를 건드린 것이 발단이 되어 오늘의 닭싸움이 생기게 되었다는 식이다. 이처럼 이 작품은 과거와 현재를 교묘하게 얽어 가면서 사건을 진행해 나간다. 과거와 현재가 인과 관계를 따라 자연스럽게 어울림으로써 인물의 성격과 행위의 동기가 밝혀지고, 사건은 필연성을 획득한다.

◆ **작품의 감상과 수용**
웃음으로 눈물 닦기
김유정 문학에서의 해학은 단순한 의미 이상의 의의를 지닌다. 그것은 당대의 암담하고 비참한 현실과 밀접한 관련성을 갖는다. 그의 해학은 현실의 중압감이나 고통으로부터 일시적으로 해방시켜 주는 수단으로 볼 수 있다. 김유정은 절망을 절망 그 자체로만 묘사함으로써 절망에 떨어지려 하지 않고 유머를 의도적으로 도입하여 절망을 극복하려 했다. 이 작품이 단순한 인간적인 아이러니만으로 엮였다면, 그 효과가 반감되었을지도 모른다. 그러나 이 사건 뒤에는 흐드러지게 피어 있는 동백꽃이 있다. 동백꽃은 이 두 남녀의 코미디를 자연에 아름답게 조화시켜 준다.

◆ **작품에 반영된 현실**
일제 강점기 농촌 마을에 핀 사랑
이 작품의 배경은 1930년대 강원도의 농촌이다. 이 작품에는 치열한 농촌 사회의 현실을 직설적으로 표현하기보다는 소작인의 아들인 '나'와 마름집 딸인 '점순'을 통해 산골 마을 젊은 남녀의 순박한 사랑을 서술하는 데 주안점이 두어져 있다. 하지만 '나'가 '점순'의 사랑을 쉽게 받아들이지 못하는 데는, 소작인의 아들이라는 '나'의 신분상의 제약이 영향을 미쳤음을 알 수 있다. 이 점은 이 소설이 작가의 이전 작품이 보여 준 것처럼 농촌 현실을 절실하게 보여 주지는 않았지만 계층의 차이가 남녀의 사랑에도 영향을 미칠 정도로 삶에 큰 영향을 주고 있음을 간접적으로 제시한다.

땡볕

◆ 작품 개관

이 작품은 물질로 혼탁해져 가던 1930년대를 배경으로 어리석고 가난한 인물들이 보여 주는 부부 간의 애정을 해학적이고 따뜻한 연민의 시선으로 형상화하고 있다.

◆ 주요 등장인물

덕순 가난하고 순박한 인물. 서울 병원에 가면 아내의 병 치료에 월급까지 준다는 말을 믿고 서울로 아내를 엎고 올 정도로 무지한 인물. 아픈 아내에 대한 애정이 깊다.

아내 임신 중 아이가 사신한 것을 모르고 죽을병이라고 생각하고 병원을 찾지만 수술을 거부하는 인물. 자신이 죽는 상황에서도 남아 있는 남편을 걱정한다.

◆ **줄거리**

뜨거운 땡볕이 내리쬐는 여름, 덕순은 병든 아내를 업고 서울에 있는 병원에 간다. 덕순은 시골에서 농사를 짓고 사는 가난한 농민으로, 언제부턴가 배가 아프다는 아내를 데리고 병원에도 못 가고 있다. 그런데 동네 노인으로부터 서울 병원에서는 기이한 병을 앓고 있는 환자를 데려오면 월급을 준다는 말을 듣고 아내를 서울 병원으로 데려간다. 병원에 도착해 의사가 임신 중 아이가 사산된 것이라는 것을 알려 주고, 수술해야 함을 말하자 아내는 겁을 먹고 수술을 거부한다. 병원을 나서며 덕순은 아내에게 그동안 고생만 시키고 맛있는 것을 사 주지 못한 것을 후회하며 아내에게 얼음 냉수와 왜떡을 사 준다. 아내는 자신의 죽음을 예견하고 남아 있을 남편을 위해 여러 가지 유언을 남긴다.

◆ **작가와 작품**

김유정의 구어적 문체

김유정 문체의 특징 중 하나는 구어체 문장의 사용이 많다는 것이다. 김유정은 논리적인 문장보다는 비속어가 섞인 구어체 문장의 사용을 통해 작품의 맛을 살렸다. 인물들의 대화는 물론이고, 심리 묘사와 서술까지도 구어체 문장을 사용하여 독자들로 하여

금 인물에게 더욱 친근하게 다가가게 하고 그들을 좀 더 깊이 있게 이해할 수 있게 한다.

◆ **작품의 구조**

희망에서 절망으로

이 작품은 아내의 병을 고치기 위해 아내를 업고 서울로 올라온 덕순이 병원으로 가는 과정과 병원에서의 진료 행위, 진료 후 집으로 돌아가는 과정으로 구성되어 있다. 처음 서울에 올라올 때와 병원으로 가는 과정은 덕순 부부에게 희망으로 가는 길이라고 할 수 있다. 무더운 여름, 뜨거운 땡볕에서도 덕순이 아내를 업고 견딜 수 있었던 원동력은 병을 고칠 수 있다는 희망이 있었기 때문이다. 그런데 병원에 도착한 덕순 부부에게 의사는 당장 수술을 해야 하며, 월급 같은 것은 없다는 사실을 알려 준다. 이는 힘든 여정을 견뎌 온 그들에게 더 이상 희망이 없다는 것을 말한다. 즉 도시라는 공간은 가난한 하층민에게는 희망보다는 절망의 공간에 가까웠던 것이다.

◆ **작품의 감상과 수용**

부부애가 빚어내는 따뜻한 웃음

이 작품 속에 등장하는 덕순 부부는 순박하고 서로를 사랑하는 인물들이다. 덕순은 아내를 위해 더운 여름 속에 그녀를 업고 병원까지 온다. 또한 치료에 겁내는 아내를 위로하고 격려하기도 한다. 그리고 아내는 자신의 죽음 뒤에 남겨질 남편을 걱정한다. 이러한 부부의 애정은 이들의 무지한 행동에 대한 비판보다는 따뜻한 연민을 가지게 한다.

◆ **작품에 반영된 현실**

뜨거운 땡볕이 상징하는 당대 현실

이 작품의 배경은 무더운 여름, 뜨거운 땡볕이 내리쬐는 시간이다. 이 시간은 덕순 부부가 병원으로 가는 과정을 매우 힘들게 한다. 그런데 이 땡볕은 단순히 소설 속에서 물리적 시간으로만 해석되지 않는다. 이 작품의 땡볕은 덕순 부부가 살아온 그리고 그들이 살아가야 하는 삶의 여정이라고 할 수 있다. 덧붙여 땡볕은 이 부부의 삶을 보여 주는 데 그치지 않고 그것이 당대 가난하고 무지한 농민들이 겪고 있을 보편적 상황임을 유추하게 한다.